と
ヤバい!
shinobanaito YABAI!
Keizo Fujikawa
藤川恵蔵
Illustration
猫屋敷ぷしお

characters
ーキャラクター紹介ー

影山忍
かげやま
しのぶ

公的治安維持組織『半蔵門』に
忍者として育てられた少年。
『超忍』になる最終試験のため、
正体を隠して高校に通っている。

白石雪

しらいし
ゆき

忍のクラスに転校してきたギャル。
容姿や言動から学内でも目立っているが、
その正体は非政府系の
忍者集団『羅生門』の抜け忍。

マオ

忍と共に暮らす黒猫。
その正体は忍の忍術の師匠であり、
容姿・年齢等あらゆるものを
自由自在に操るため
真の姿は誰も知らない。

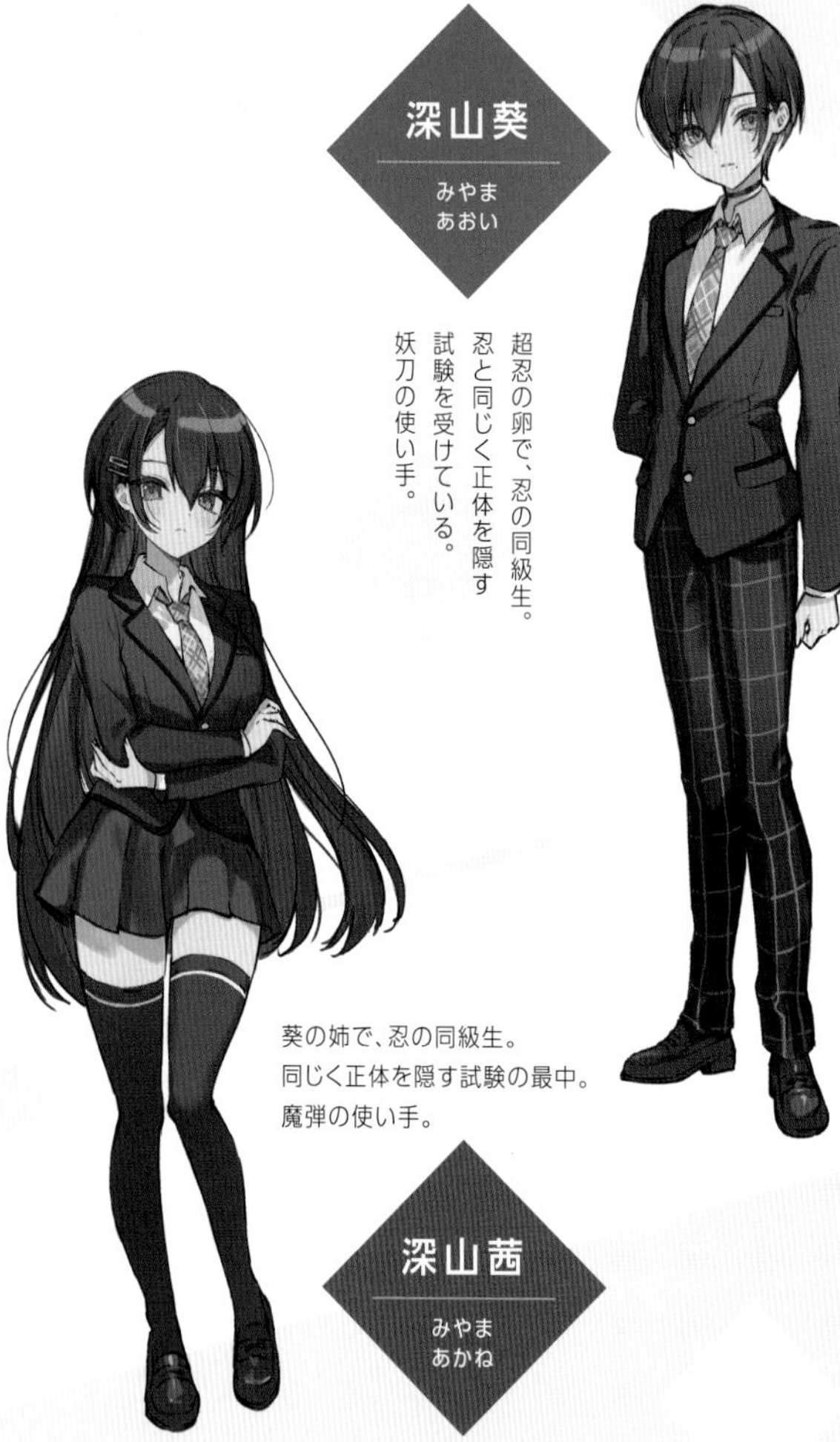

深山葵

みやま
あおい

超忍の卵で、忍の同級生。
忍と同じく正体を隠す
試験を受けている。
妖刀の使い手。

深山茜

みやま
あかね

葵の姉で、忍の同級生。
同じく正体を隠す試験の最中。
魔弾の使い手。

織部悟

おりべ
さとる

忍の試験を監視している
半蔵門の試験官。
表向きは喫茶店の店長の
ふりをしている。

characters

－キャラクター紹介－

バニンジャー

contents

－目次－

忍ばないとヤバい!

藤川恵蔵

MF文庫J

口絵・本文イラスト●猫屋敷ぷしお

序章　忍（しのぶ）

日本は世界一安全な国である。
それが本当かどうかは分からないが、何となく日本って平和なイメージがある。
どうして日本という国は世界の中でもトップレベルに安全で平和な国なのか。
日本にあって、他の国にないものとは何か？

忍者だ。

人知れず、犯罪者を狩りまくり、犯罪そのものを隠蔽（いんぺい）する集団。
既に起きた犯罪、もしくは起きる筈（はず）だった犯罪を消し続ける。
忍者が犯罪者を狩るから。日本は外国に比べて犯罪が少ないように見えるのだ。
そんなバカバカしい話はあり得ないって？
そう思われた方が好都合。
忍者は人目を忍んで行動しているんだから。
世間一般からは存在を秘匿された公的治安維持組織『半蔵門（はんぞうもん）』。

構成員の育成機関も兼ねた『半蔵門（はんぞうもん）』は、様々な理由で産まれる戸籍の無い子供を集め、日夜激しい訓練を施している。

常軌を逸した訓練と任務を繰り返し、幾度も行われる選別を潜（くぐ）り抜（ぬ）けた者達（たち）は、人智（じんち）を超え、人の限界をも超えた事で『超忍（ちょうにん）』と呼ばれるようになる。

『超忍』は、一般人の知らない所で犯罪者を狩る。

狩って、狩って、狩り尽くして、犯罪を減らす……いや、消すんだ。

俺は、そんな『超忍』になる為（ため）に子供の頃から修行をしていた。

「なんか何もかも嫌になってきたんですけど」

「は？」

「忍者になる為の修行ってキツすぎるし、しんどいし、もうやめたいです」

「試験に合格出来なくても良（い）いのか？」

「別にどっちでも良いかなって……」

「お主、子供の頃は世界一強くなりたいとか言っておったではないか」

「何でそんな事思ってたんですかね？　今考えるとアホな目標でした」

「今までどんな課題も訓練も難なくこなしてきたではないか。これまでの日々が無駄になって良いのか？」

「無駄になるっていうか、無駄な事してただけのような気が……そもそも忍者になって一体何の得があるんですか？」

「得じゃと？　お主は損得勘定で生きとるのか？」

「だってモチベーションが無いと……」

「何がモチベーションじゃ、このバカ弟子が。日夜この国の治安を守るために人目を忍んで暗躍しとる忍者がそんな体（てい）たらくでどうする？」

「ていうか、実際問題、俺が忍者になれたとして、何かメリットとかあるんですか？　命懸けで訓練して、何の得も無いってさすがに嫌なんですけど」

「モテるぞ」

「……え？」

「だからモテるぞ。半蔵門に所属する『超忍』はモテる」

「いやいや、そんなバカな。人目を忍ぶ忍者がモテるとか」

「忍者よりモテる職業は無い」

「うっそだあ。絶対アイドルとかホストの方がモテますって」

「では、忍者の修行はやめるのか？」

「いや、もうちょっと頑張ってみます」

「……アホじゃコイツ……」

＊

そして俺は厳しい訓練に明け暮れた。

オリンピックの十種競技で金メダルを取れるくらい身体能力を上げた。

東京大学に合格出来るくらい勉強して学力を上げた。

コンクールで優勝出来るくらいにはピアノを弾けるようになった。

なんか、普通にそれくらい出来たら一般人でもモテるような気がしないでもないが、とにかく俺は努力した。

「ねえ、ちょっと疑問があるんですけど」

「何がじゃ」

「忍者の試験で、一次試験の体力測定と、二次試験の学力測定は解りますす。体力ないと任務が達成できないし、学力が無いと学校とか会社に潜入出来ないし。ただ、三次試験の芸能測定ってのは一体何です？」

「小説の執筆や、絵画の制作等じゃ。お主の場合は文才や絵心が欠片も無かったからピアノを教えてやったじゃろう」

「いや、芸事なんか忍者に必要ですかね？」

「アホじゃのう。昔の忍者は三味線（しゃみせん）や歌を覚える事は必須だったんじゃぞ？　芸事に関して得意分野があれば、任務に役立つ」

「今時三味線習って潜入する場所ってありますかね？」

「だからピアノを教えてやったじゃろうが」

「そのピアノの練習が一番キツかったんですけど。別に得意でも好きでもないから目茶苦茶（めちゃくちゃ）しんどいですよ。運動と勉強は何とかなりましたけど、ピアノだけはマジでキツい」

「やめたいのか」

「はい」

「モテるぞ」

「え？」

「ピアノ弾けるヤツはモテる」

「本当ですか？」

「ラノベを読んでおらんのか？　今時のラノベ主人公は唐突にピアノを弾き始めるぞ」

「それ、モテる事と何か関係あるんですか？」

「女はピアノを弾ける男に惚（ほ）れる。『君の為（ため）に一曲……』なんて言って弾き始めれば一発で落とせる」

「嘘臭（うそくさ）いなあ」

「では、もう練習をやめるか？」

「いや、まあ、何とか頑張ります」

「……アホじゃコイツ……」

*

そして俺は、現代の忍者である『超忍（ちょうにん）』になる為（ため）の試験に挑んだ。

血のにじむような努力のかいもあってか、何とか三次試験までは突破出来た。

「……体力測定不能……学力全教科満点……ピアノ演奏技術がプロに匹敵……何じゃコイツ気色（きしょく）悪……」

「え？　今なんて言いました？」

「いや、別に何も。よく頑張ったのう。師匠として嬉（うれ）しいぞ」

「なんか労力と結果が伴って無いような気がするんですけど」

「なんじゃと？　試験なら楽々突破出来たではないか」

「そうじゃなくて、忍者になればモテる、なんて事を鵜（う）呑（の）みにして頑張ってましたけど、冷静になればモテるようになっても意味無くないですか？」

「そんな事は実際にモテるようになってからほざけ」

「だから違いますって。日本って重婚禁止でしょ？　浮気（うわき）すれば裁判沙汰でしょ？　どれだけモテたって一人の女の子としか結婚出来ないんじゃ意味無いじゃないですか」

「ほう？　不特定多数と結婚出来なければ意味が無いとぬかすか」

「そもそも、『超忍』って何ですか？　幼児向けの特撮ヒーローじゃないんだから。小学生くらいならまだしも、中高生にもなって将来の夢はスーパーニンジャです……なんて、恥ずかしいですよ」

「重婚出来るぞ」

「え？」

「だから、忍者は重婚出来るぞ」

「はあ!?　どういう事です？」

「半蔵門（はんぞうもん）に所属する『超忍』は、戸籍の無い子供を集め、鍛えた者達（たち）。つまり表向きは存在しない人間じゃ。よって、法律の外側にいる」

「ええ？　じゃあ不特定多数の相手と結婚出来るんですか？」

「うむ。実際に多数の女を妻にしている忍者はおるぞ」

「……う～ん。重婚かあ。ハーレム作れるって事でしょ？　さすがに嘘臭（うそくさ）いなあ」

「では、修行はもうやめるか？　強い『超忍』程モテるが」

「いや、もうちょっと頑張ってみます」

「……アホじゃコイツ……」

＊

その後も鍛錬を重ねた俺は、何故か試験とは全く関係が無い模擬戦に参加する事になった。

半蔵門に所属する超忍が集まり、無人島内で最後の一人になるまで戦うという、実に意味の解らない模擬戦だった。

しかも、参加者はやたらと俺を狙っているような気がしたが、日頃の訓練の賜物か、何とか最後の一人になるまで生き残れた。

まあ、相手も殺してはいないけど。

「……なぬ？　優勝したのか？」

「まあ、なんとか。かなりヤバかったですよ。相手はあんまり強くなかったんですけど、立て続けに襲われたんで三日三晩、ほとんど飲まず食わずで戦う羽目になったんで」

「ふむ……お主の忍法は出来るだけ隠し通したかったが止むを得んか」

「忍法は使ってませんよ？　手の内は隠し通した方が良いって言われたから」

「は？　え？　お前、忍法無しで他の超忍を……？」

「ところで冷静になって考えたんですけど、やっぱりモテるようになるって意味ないですよ」

「ああ!?　今度は何が言いたい！」

「いや、ハーレムとか男のロマンだと思って頑張ってましたけど、欲望の赴くままに行動してもむなしいだけじゃないですか？」

「……何で欲望の赴くままに行動する前にそんな考え方になるのかが解らん……」

「俺って割と純情でしょ？」

「知らん」

「俺は不特定多数の異性に愛されたいんじゃなくて、たった一人の異性と真実の愛を追求したいんですよ」

「お主、いよいよ本格的に気色(きしょく)悪い事言い始めたな……」

「でも人間って、皆(みんな)が真実の愛を求めて生きてるんじゃないんですか？」

「そんなものが実在するなら既婚者の三分の一も離婚せんじゃろ」

「だから結果として失敗してるだけで、目標はあくまで真実の愛が欲しい、でしょ？」

「モテるようになれば、お主にとって一番好みの相手からも好かれる可能性が高いじゃろ？　不特定多数に好かれるようになればえり好みして『どの子と付き合おうかなあ～』と悩めるではないか」

「俺にそんなクソ野郎になれって言うんですか？」

「それがクソ野郎なら大概の人間はクソ野郎じゃろうが！」

「まあ、モテないよりモテる方が良(い)いか……残ってる試験はあと一つですよね？」

「うむ。最終試験は一般の高校に入学し、卒業する事じゃ」

「それだけですか？」

「油断をするな。一般人とかけ離れた生活を送るお主は一般教養に欠ける。忍者として優秀であればあるほど、この最終試験は難しい」

「でも、普通にしてれば高校くらい卒業出来るんじゃ……学力だって問題ないし」

「自分の正体を隠し通す必要がある事を忘れるな。最終試験の内容は、正確に言えば『高校に入学して卒業するまでの三年間、誰にも正体がバレない事』じゃ」

「なるほど。まさに世を忍ぶってヤツですね」

「うむ。精々(せいぜい)頑張れ」

＊

こうして俺は、現代の忍者である『超忍(ちょうにん)』となるため、一般の高校に入学した。

一般の高校に入学し、卒業まで正体を隠し通す。

それが現代を生きる『忍者』の最終試験だった。

物心がついた頃から忍者の卵だった俺にとっては、普通の高校生活というのは想像だに出来ない世界だった。

少子高齢化が進んで学生の人数は減ってるのに、若者の自殺が増えてる、なんて情報を聞いた時は戦々恐々とした。

一体一般人はどんな修羅場を潜っているのかと勘ぐってはいたが、

「……」

蓋を開けてみれば、一年間、何事もなく過ごせた。

試験に合格する為、正体を隠し通す為に最大限の警戒をしていたが、そもそも入学してから一年間、殆ど誰とも会話しなかったから、隠すも何も無い。

誰も俺の正体に気付くどころか、俺に興味も示さない。

俺が警戒した結果の孤立なら解らないでもないが、特に何もしてないのにボッチになるのは寂しいが、好都合でもある。

このまま順調に試験をクリア出来る筈だ、と俺は思っていた。

しかし、俺は最終試験の難しさをこれでもかと痛感する羽目になった。

きっかけは、とある女子生徒が俺のクラスに転校してきた事だった。

第一章　雪(ゆき)

朝の教室では、クラスメイト達(たち)が各々(おのおの)グループを作って会話をしていた。

小学、中学時代からの知り合い。

同じ部活に参加している者同士。

単純に、気が合う友人達が、数人のグループを形成している。

それらグループは授業の合間や、休み時間、昼食の時間になれば、自分の席を離れて世間話に花を咲かせる。

どんなグループにも所属しない俺は、暇な時間は読書に使っていた。

教室で孤立していると、何も悪い事をしていないのに居たたまれない気分になるが、もう慣れてしまった。

いつも通り、朝の朝礼が始まるまでの間、読書に専念していると、

「皆(みんな)～。ちょっと早いけど席についてくれる？」

担任の女教師が黒板の前に立って、皆に着席を促してくる。

「今日、このクラスに転校生が来ます」

「……」

白石雪

読書を続けていた俺は、本を閉じる。

何気に転校生がやってくる、というのは初めての体験だったので、少し興味が湧いた。

「じゃ、入って入って〜」

担任教師に促され、教室に転校生が入ってくる。

その転校生を見た時、クラスは静まり返った。

平均的な身長の担任教師と並んでいるからよく判(わか)るが、女子にしては高めの身長だった。

華奢(きゃしゃ)に見えるが均整のとれたスタイルと、異様に整っている顔立ち。

何より目立っているのが、長く伸びた金髪だ。

体格も、顔立ちも、髪色も、全てが目立っている。

「はじめまして、白石雪(しらいしゆき)です。よろしくお願いします」

派手な見た目に反して、行儀よくペコリと頭を下げる転校生。

その際、長く伸びた金髪の根元が見えたが、染めた髪のように黒くない。

前の方に座っていた何人かの女子生徒がざわつき始める。

「白石さん。その髪って……」

「地毛で〜す。まあ、クオーター的な感じです。あ……黒く染めないとだめとか、ブラック校則ありの学校ですか？　ブラックな髪なだけに」

あはは、とテンション高めに笑うので、クラスの連中も何人か笑い始める。

「いえ、大丈夫ですよ。産まれつきの髪色を染めろなんて強制しませんから！」

生真面目(きまじめ)な担任教師は真顔で返答し、クラスの様子を見回す。

「では、どこか空いている席に……」

「あ、じゃあ窓際の最後列に座りたいです」

なんて事を、白石雪は呟(つぶや)いた。

残念ながら、窓際最後列は俺の席だ。

この落ち着く場所は譲れませんな。

「では影山(かげやま)君、そこをどいてください」

「え？」

転校生が空いている席に座るのは解(わか)るが、座りたがる場所にいた生徒をどかすってどういう了見だよ。

俺は要らない子なワケ？

「いや、横にずれるだけで済むから良(い)いじゃない。影山君譲ってあげなさい」

クラス人数の関係で、最後列には俺しかいない。

俺が右側に移動すれば、窓際最後列の席は譲れるけど。

「あ、ついでに白石さんの分の机と椅子を取ってきて。屋上に続く階段にあるから」

何で俺が？　と思ったが、俺は黙って従った。

前々から気になっていたが、二年に進級してからクラス担任になった女教師は、クラスの細々とした用事を全て俺に押し付ける癖がある。

同級生の目には留まらないが、教師連中の目には留まりやすいんだよな、俺。

今後の課題かもな。忍者は目立たないようにするものだし。

隣の席に座った白石雪(しらいしゆき)は、俺の方をじっと見つめてくる。

その時に気付いたが、目の色がピンク色だ。

海外の血が入っているとはいえ、青や緑ではなく、ピンクに見える瞳とは、本当に目立つ容姿だな、コイツ。

「ねえ。私まだ教科書持ってないから、一緒に見せてもらっていいかな?」

「ああ」

「ありがと。これからよろしくね、お隣さん」

「ああ」

何気に同級生と会話する事が少ない俺は、無愛想な返事しか出来ない。

容姿端麗な白石と会話出来るから、他の男子連中は若干羨ましそうにしている。

授業が始まると同時に、白石雪は席をピッタリとくっつけたので、距離が近くなる。

「影山(かげやま)君……だよね？　名前」

「ああ」

「先生が職員室で言ってたよ。一番頼りになる男子だから、困ったら影山君に聞けって」

「ああ……あ？」

何か、意味の解らない事を白石雪が言い始めたぞ？

あの担任教師……、何で転校初日の生徒にそんな事言うんだ？

一番頼りになる？　おかしい。学力も体力も平均を装っているから、そんな風に思われる筈がない。

他の男子生徒全員がサボるトイレ掃除を一人でやっていた時、担任教師が『影山君は良い子ねえ』とか言ってたような気がするが、それが原因か？

だとすればチョロすぎるだろ。

「下の名前教えてよ」

なんて思っていたら、白石は授業中に小声で話しかけてくる。

「……忍」

「しのぶ？　忍者の忍って書いて、しのぶ？」

忍者、という単語を第三者から聞いた俺は、一瞬身体が硬直した。

落ち着け。こんなのは只の雑談だ。慌てる必要はないぜ。

「ああ、まあ」

「影の山にいる忍……なんか忍者っぽいフルネームだね」

「……忍者なんかいるワケないだろ」

「じゃあ、試しにニンニンって言ってよ」

「言わない……」

忍者忍者連呼するんじゃねえ！　心拍数が上がるだろ！

雑談に過ぎないのに、これまで言われた事のない忍者呼びをされると慌ててしまう。

「ねえねえ、ニンニンって言ってみてよ」

「言わない」

「言ってよ。語尾にニンって話してみてニン」

「言わない！」

コイツ、授業中なのに話しかけまくってくるな。

クラスの男子連中は小声で話す俺達を見て、余計に俺を羨ましそうに見てる。

いや、可愛い女子生徒と話せて羨ましいんだろうが、こっちは忍者の話を振られている所為で怖いんだけど。

これ以上話してもロクな事にならないだろうし、無視しよう。

「うひゃあ！」

そう思った瞬間、脇腹を指で突かれた。

「隙だらけだよ。これがナイフだったら忍君死んでたよ」

「やめろ。今授業中だぞ」

「好きなマンガある？」

「ない！」

俺が大声を出したせいで、クラスメイト全員が俺を見ている。

ヤバい！　いつも誰からも認識されないくらい影が薄いのに、今日の俺は目立ってる！

いや、俺が目立っているんじゃなくて、ド派手な転校生の隣にいる事によって、結果的に目立ってしまっている。

この時、俺に一つの疑問が生じた。

まさかコイツは、忍者の最終試験に挑む俺に与えられた課題なのでは？

コイツの言動は全て俺を不合格にする為の罠で、その罠を潜り抜ける事が試験なのか？

そう思って、俺は白石雪の身体を見てみる。

引き締まった肉体。

呼吸音、心拍音、そして全身から漂う気配。

間違いない。

タダの女子高生だ。

いや、金髪でピンク色の目してるヤツは普通には見えないが。

しかし、容姿が目立つという一点においても、コイツが忍者でない事は確実だ。

物心ついた頃から忍者としての訓練を受け続けたから判る。

白石雪には、忍者特有の気配が全く無い。

コイツは間違いなく素人。一般人だ。

つまり、コイツは俺をイジっているだけで、何の脅威にもならない筈だ。


と思っていたが、それは大きな間違いだった。

白石雪は俺が想像していた以上に目立つ女だった。

俺には学校で目立つ学生と目立たない学生、つまり、地味なヤツと派手なヤツの違いがよく解らないが、世間一般的に目立つ存在には条件があるらしい。

学力、体力等で秀でた能力、特技がある。

単純に容姿が整っている。

声が大きく、話術に恵まれている等が主だ。

白石雪の場合、転校初日で能力や特技、話術等が未知数だったが、とにかく容姿が飛び抜けて整っている。

白石雪を連れて校内を歩き、案内している時に気付いたが、すれ違う学生全員が白石雪を二度見している。

存在感の有る無しって、こんな単純な事で決まるのか、と愕然とした。

それに加えて、白石雪は弁が立つ。というかコミュ力が高い。

クラスメイト達は転校生の白石雪に対して野次馬根性を出し、声をかけたりしていたが、それに対する受け答えが凄くスムーズで淀みが無い。

二言目には「好きな漫画ある？」と聞いていたが、相手の答えが何であれ、知っている漫画の場合は話題に事欠かず、知らない漫画の場合でも、相手の話を興味深そうに聞いていた。

要するに、話し上手の聞き上手だった。

転校初日であるにも拘わらず、白石雪の周囲には自然に人が集まるようになり、隣の席だった俺の周りにも人だかりが出来るようになった。

コレは少し、いや、かなり面倒な状況だと思った。

＊

放課後、さっさと帰ろうとしていた俺は白石雪に呼び止められ、

「この学校って図書室あるよね。案内してくれない？」

と言われたので、二人で図書室に行く事になった。

白石は受付を担当している女子生徒に、

「ねえ、ジョジョ無いの？」

という不毛な質問をしていた。

受付をしていた女子はジョジョという単語そのものが理解出来ずに首を傾げていたので、

「あるわけないだろ。学校の図書室だぞ」

俺は思わずツッコミを入れてしまった。

「ええ？　ジョジョは学生の義務教育だよ」

「何処の世界の学生だよ」

「おかしいなあ。今日クラスの女の子に聞いてみたんだけど、誰もジョジョ読んだ事無いって言うしさあ。この学校、ちょっと変わってる？」

「変わってない。普通だよ」

俺は、用も無くなったので帰る事にした。

「ていうか、忍君はジョジョ読んでるね？」

しかし、白石が俺の肩を掴んで止めた。

「……」

一応、読んだ事はある。

というか、無理矢理読まされた。

読まないと死ぬ事になる、というワケの解らない事を言われたから。

「ちょっと話したいからこっち来てよ」

と言われたので、俺は図書室に置いてある大きめの机を挟んで白石雪と向かい合った。

てっきり、同じマンガを読んだ同好の士を見つけて喜んでいると思ったが、なんか深刻な表情で項垂れている。

両手を組み、顎を乗せて俺を見つめている。

「忍君。はっきり言うけど、君には失望したよ」

「は？」

何だこの言葉？

ま、まさかコイツは俺の最終試験を審査する為に派遣された、半蔵門の関係者なのか？

失望したって事は、試験が不合格になるようなミスを俺がしたという事か？

「今日、私が転校してきてから、私達は四六時中一緒にいたよね？」

「あ、ああ」

俺は困惑気味に頷く。ヤバいぞ。コイツ明らかに普通じゃない。

「じゃあ、私がずっとクラスメイトにジョジョ読んだ事あるか聞いてたの知ってたよね？」

「は？」

「何でその時に『読んだ事あるよ～』って言わないの？　無駄骨じゃん」

「……」

「私はずっと話が合う相手を探してたのにさあ、何で黙ってたの？」

いや、違った。単に同好の士を探してただけのヤツだ、コイツは。

「いや、俺も読んだ事あるってだけでそこまで詳しくないしな、にわかってヤツだから。

それに俺と人前で話さない方が良いよ」

「なんで？」

「俺ってクラスで孤立してるんだよ。ボッチってヤツで。だから俺と話してるとお前もクラスで孤立……」

「ジョジョも読んだ事無い素人にはどう思われても良いよ」

やや食い気味に、白石雪が返事するので、俺は思わず半眼になった。

素人って……コイツは一体何の玄人なんだ……。

「じゃあ、さっそく最初の議題に入るけど、一番好きなスタンドは？」

「議題って何だ、議題って……」

俺のツッコミを無視し、白石雪は俺をガン見している。

やめてくれよマジで……。

美人にガン見されて平静でいられるような人生送って無いのに。

「まあ、普通にスタープラチナ……」

「……本当に普通だね。君には本当に失望したよ」

「今日俺は何回失望されるんだ……。じゃあ、そっちは何が好きなんだよ」

「ザ・ワールド」

「お前もまあまあ普通じゃねえか！」

*

「は？　最強のスタンドは『ゴールドエクスペリエンス・レクイエム』か『メイド・イン・ヘブン』って結論出たじゃん」

「二つ候補があるだけで結論出てないだろ。最強は『ハーヴェスト』だよ。アレに狙われて勝てるヤツなんかいないって」

「何処(どこ)が？　作中で負けてるじゃん」

「真正面から戦わないで寝てる間に暗殺すれば良いだろ。首の頸動脈(けいどうみゃく)切れるんだから」

「そんな事言いだしたらどんなヤツでも最強じゃん」

「だから、射程と数が他のヤツらに比べて段違いだろ？　町全域を覆う射程あるヤツが五百体ぐらいいるんだぞ？　捜索と暗殺に関して適応力ありすぎなんだよ」

俺と白石雪（しらいしゆき）は、傍（はた）から見れば意味不明な会話を延々と続けていた。

気が付けば、日が沈み始めている。

図書室には誰もいなくなり、受付にいた女子生徒も帰り支度をしている。

時計を見れば、六時を回っている。

「……二時間くらい話してたのか」

なんか、時間の流れが速く感じたけど、何でだろ？

俺は帰り支度を始めるが、

「待ってよ。まだ話は終わってないよ」

「もう下校時間。続きは明日」

「じゃあ、一緒に帰ろっか」

「駄目だ！　断る！」

何故（なぜ）か楽しそうな白石雪に、俺は掌（てのひら）を向ける。

念の為（ため）、自宅を特定されないようにした方が良（い）いからな。

ていうか、帰り道の方向が同じとは限らないから、一緒に帰るのって難しくないか？

＊

下校中、俺の言葉を無視してついてこようとした白石雪を、俺は全力疾走でまいた。マンションやビルのような高い建物を垂直に上る技術、パルクールも併用して思い切り走った。

俺の自宅を同級生に特定されたくないし。

学校から自宅に戻った俺は、リビングに入るとテレビのスイッチを入れて、ソファーで寛（くつろ）ぐ。

別に見たい番組なんかないけど、帰ってくるととりあえずテレビをつけてしまう。

すると、台所の陰から黒猫が俺に近づいてくる。

「マオ」

一緒に住んでいるマオだった。

「今日俺のクラスに転校生が来たんですよ」

マオに、今日あった出来事を報告するが、マオは俺をシカトして段ボールの箱を爪でひっかいている。

中身はネコ用の缶詰だ。

要するに、餌を寄こせと言いたいらしい。

俺は猫缶をプシュッと開けて、中身を皿に載せる。

マオは皿の上にある餌をムシャムシャと食べ始めた。

「それで、その転校生がやたら目立つ女子で……」

俺が報告を再開しようとすると、インターフォンが鳴った。

モニターを表示し、玄関の前にいる相手を確認した時、俺の全身に悪寒が走った。

『し～の～ぶ～く～ん』

インターフォンを押したのは、影山(かげやま)家を訪ねてきたのは、

『来ちゃった』

転校生の白石雪(しらいしゆき)だったのだ。

おかしいおかしいおかしい！

何でアイツが俺の家を知っている？

まさか尾行された？　俺が？

俺が素人(しろうと)の尾行に気付かない筈(はず)がない。

つまり、白石雪は素人じゃないのか？

軽く混乱しながらも、状況を確認しようとしていると、玄関の鍵が開く音が聞こえた。

「何⁉」

慌ててリビングから玄関に向かうと、既に鍵が開けられた扉から、白石雪が顔を出していた。

「お邪魔します」

「おい！　ちょっと待て！　普通に入ろうとするな！」

「え？　どうして？」

「それはこっちのセリフなんだよ！　どうやって鍵を開けた！」

「普通にピッキングだけど」

「ピッキングは普通じゃねえ！」

「だって忍君はチャイム鳴らしても無視するしさあ」

白石雪はズカズカと家に入り、リビングを見回す。

「うわ、広い家だね。それに綺麗に片付いているし」

気に入ったよ、と付け加えながら、白石雪は笑みを浮かべる。

「何で俺の家がわかった？　尾行したのか？」

「先生に住所聞いてたから」

何で転校生にあっさり俺の家の住所教えてんだよ、先生……。

改めて観察しても、白石雪の筋力、技量は一般人の域を出ていない。

あくまで、運動能力の高い常人どまりだ。

コイツは明らかに忍者の類いではない。

ただしタダの素人とも思えない。

俺は、リビングにいるマオの様子をうかがうが、ムシャムシャ餌を食ってるだけだった。

お前状況解ってんのか！

謎の女が影山家に侵入してきてんだぞ！

「ねえ、忍君」

白石雪は、俺をじっと見つめ、

「今日からこの家に泊めてくれない？」

なんて事を言いだした。

「ん？　どういう事？」

「私今、家出中なの」

「……うん」

「同級生の家に居候しようと思って、クラスメイトの中から候補を物色してたの」

「それで？」

「大家族の家だと個室貰えないじゃん？　賃貸で狭い家も無理だし。だから出来るだけ大きな一軒家に住んでて、家族の人数が少ない相手を探してたの」

「……で？」

「ここは最高の条件だから、泊めて？」

「何で俺が一人暮らしって知ってる？」

「先生に聞いた」

俺はしばらく、無言で白石雪を見つめた。

家出中だから、居候先を探し、良い条件の物件を探していた。

そしてこの影山家に目を付けた、という事らしい。

改めて、俺は白石雪を凝視する。

やはりどう見ても、素人の域を出ない一般人だ。

断じてどこかの組織が育てた刺客とか、ましてや忍者の類いじゃない。

最終試験の最中である俺を嵌める為の罠を疑ったが、コイツは間違いなく一般人だ。

ただし、異常な行動力がある家出娘という事らしいな。

「はあ……」

俺はとりあえず、溜息を吐いて落ち着く。

ワケの解らない展開に若干焦ったが、もう何が起きても驚かねえぞ。

家出娘を居候させる？

冗談はよせ。

「家出なんかやめろよ。帰った方が良い」

「やだ。帰りたくないから家出してるんだよ？」

「とにかく、うちには泊められないから」

「何で？」

「お前、未成年だろ」

「当たり前でしょ。サバ読んで女子高生してる訳じゃないし」

「未成年の相手を、親の承諾なしに宿泊させるのは犯罪なんだよ。未成年者略取」

モテモテ人生を目指す俺にとって最も不愉快な法律だが、破るわけにもいくまい。

俺は忍者の卵だから法律の外にいる。

忍者とは任務の為なら超法規的処置も行う集団だ。

しかし、そもそも忍者は犯罪者を秘密裏に捕まえる為に存在するわけだから、その忍者が犯罪に手を染めたら本末転倒だ。

犯罪に手を染めた忍者は抜け忍という事になって他の忍者に消される事もあるらしい。

忍者の卵が試験中に未成年者略取なんかすれば命がいくつあっても足りん。

とにかく、試験の間に警察沙汰なんか起して不合格になってたまるか。

「今この瞬間、お前の親が警察に通報した段階で、俺が逮捕されるんだぜ？　そんなのは御免だよ」

「そんなことにはならないと思うけどなあ」

「どうしても帰りたくないなら他を当たれ。ここは駄目だ」

「やだ。この家も君の事も気に入ったもん。なんか実家みたいな安心感があるし」

実家みたいな安心感が欲しいなら実家に帰れば良いだろ、と思ったが、家出中のヤツに言っても無駄か。

「……気に入ったって、何が？」

白石雪はリビングにあった大きめの本棚を指さす。

「漫画沢山あって、君とはジョジョを語り合える」

「……」

まさか散々鍛えた体力と学力とピアノ演奏技術ではなく、片手間に読んでいた漫画が原因で異性に興味をもたれる日がくるとはな。

今までの努力は一体何だったんだ。

「お願い！　家賃は払わないし家事もほとんどしないから泊めてよ～」

「そんなことを言っても……って交渉になってねえよ！」

「私がこんなに頭を下げてお願いしてるのにどうして解ってくれないの？」

「微塵も頭さげてないだろ！」

「はあ、やだやだ。女の子のお願いを二つ返事で了承しないなんて。コレだから忍君はモテないんだよ」

「お前は俺と知り合って一日も経過してないよね!?　何でそんな知ったふうな罵倒できるんですかね!?」

俺がいくら怒鳴っても、白石雪（しらいしゆき）は微塵（みじん）も動揺を見せない。

この図太いメンタルだけは見習いたいくらいだが、いい加減にしてほしい。

「仕方ないなあ。コレだけはやりたくなかったのに」

その時、白石雪の目が怪しく光り、俺の眼前で手をかざした。

「……何してんの？」

手をかざされた俺は、意味が解（わか）らないから首を傾（かし）げる。

「忍（しのぶ）君、忍者なんかいるワケないって言っていたよね？」

瞬間、俺の背中に冷たい汗が流れる。

ここに来て、忍者という単語が出るとは。

「忍者は今も実在してるんだよ？」

「……！」

コイツ、まさか俺が忍者だと知っていて接触してきたのか？

そして、俺の正体を公言しない事を条件に要求を呑（の）ませる気なのか？

だとすれば相当ヤバい事態だぜ……！

「忍者も実在するし、忍法だって実在する」

「……」

「忍法の中には、暗示の術っていう、他人の意志を自由に操るものがあるんだ」

「……ん？」

「今からその暗示の術で君を操り人形にしてあげるよ。今日から君は私の言いなりだよ」

「……え？」

コイツ、何言ってんの？

確かに暗示の術は実在する。

世間一般的には、催眠術や、マインドコントロールと呼ばれる技術だ。

町中(なか)を立体的に移動するパルクール。

建物の鍵を開けるピッキング。

そして他人の意志を操るマインドコントロールは、忍者にとって必須技能だけど。

アレ？　そう言えばコイツ……さっき玄関の鍵をピッキングで開けて……、

「え!?　お前って忍者なの!?」

「そう！　そのと――――――り！」

何故(なぜ)か、白石雪は異様にドヤ顔になって自分の正体を口にする。

いや、おかしいおかしい。

忍者がそんなドヤ顔で正体明かしちゃ駄目だよ。

もっと忍ばないと駄目だよ。

ていうか、何で俺も気付かなかったんだよ。

コイツはずっと忍者っぽい事してたのに。

「……」

改めて、俺は白石雪（しらいしゆき）を観察する。

しかし、どう見ても素人（しろうと）の域を出ない肉体だ。

とても俺と同じような訓練を受けた女とは思えん。

俺の知っている女忍者……クノイチなんかは、はっきり言って人間やめている。

「さあ、忍（しのぶ）君。私の指示に従いなさい」

しかし、さっきから白石雪が使っている暗示の術は本物だ。

暗示の効力には個人差があるし、使用者によっても効果が変わる。

そういう意味では、白石雪の暗示の術は高い技術を感じさせるものだ。

しかし、

「そ奴（やつ）に暗示の術は効かんぞ？」

「――!?」

余裕の態度を崩さなかった白石雪が、その時初めて動揺を見せた。

突然、足元から第三者の声が聞こえたからだろう。

しかし、影山（かげやま）家には俺と白石以外にも人がいた。

始めから、リビングには三人の人間……いや、忍者がいたのだ。

「よりにもよってこの影山家を狙うとはのう……」

ネコの姿に化ける変化の術を使用していたマオが、動揺している白石に話しかける。

突然ネコが話し始める、という異常事態に、白石は腰が抜ける程に仰天していた。

「何を驚く事がある？　お主が自分で言った事であろう。忍者は実在すると」

「……！」

瞬間、腰を抜かしていた白石は慌てた様子で立ち上がり、ボン！　と音を立てて室内を煙幕で充満させた。

一瞬で部屋を覆った煙幕は俺の視界を奪うが、気配で何となく白石が玄関から家の外に飛び出した事はわかった。

「逃がすな忍。ただし殺すなよ」

足元のマオは淡々と呟く（つぶやく）だけだ。

俺が家を出る頃には、白石は既に離れた場所まで走り去っていた。

割と足は速いな……百メートル走なら12秒台ってところか。

ただし、速いと言っても一般人の中ではだ。

忍者は短距離走の選手じゃない。

一日に四十里、およそ160キロの距離を走る事を要求される時代もあったらしい。

俺の場合はフルマラソン、42・195キロを二時間以内に走る事を要求された。

その速度は百メートルに換算して１７秒。

短距離走の選手は長距離走の選手からは逃げ切れないのだ。

俺はジョギング感覚で白石を追いかける。

前方を走っていた白石はすぐに息切れを起こしていたので、追いつくのは容易だった。

逃げ切れないと悟ったのか、白石は俺の方に向き直り、印を結んで何かしようとする。

俺は白石の背後に回り、腕の関節を極めた。

「って、痛たた！　動き速っ！　いつの間に……」

「抵抗はするな。所属不明の忍者を尋問するのは俺達の仕事だ。痛い目にあいたくないなら大人しくしろ」

「既に痛い目にあってるんですけど！　腕痛いってば！」

簡単に関節を極められて、動けなくなっている白石は本当に忍者とは思えない。

素人丸出しだ。

下手に悲鳴をあげられて一般人に見られるのも不味いから、俺は白石を解放した。

白石は腕をさすりながら涙目になり、俺を睨んでいる。

「逃げられないのは解ったな？　尋問するから俺の家に戻るぞ」

断れば、無理矢理引っ張るつもりで俺は言ったが、何故か白石は、

「あ～あ～。どうせ逃げ切れないならこんなところまで走るんじゃなかったよ」

何か、意味の解らない事を言い始める。

「疲れたから動けませ～ん」

白石は、道のど真ん中で大の字になって倒れ込む。

逃げる気はなくなったらしいけど、素直に戻る気も無いらしい。

仕方なしに、俺は倒れている白石を抱える事にした。

抱えられた白石は目を丸くして俺を見つめるが、特に何も抵抗はしなかった。

＊

「ふむ……戻ったか。で、何でお姫様抱っこ？」

「なんか歩くの嫌がったので」

家に戻ると、マオが白石を抱えている俺を見て首を傾げている。

俺は疲労して動けなくなっている白石をリビングのソファーに座らせる。

そのまま、マオと二人で白石を尋問する事になる訳だが、開き直ったのか、

「まさか転校初日に意気投合した相手が忍者なんてね。スタンド使い同士が引き合うみたいな感じかな？」

何故か白石はニヤニヤと笑っている。

「忍って名前で、忍者やってるの？」

「そこはどうでも良いだろ」

「何でそんな忍者っぽい名前で忍者やってるの？　正体バレやすいんじゃん」

「お前は俺の正体に気がついてなかっただろ」

「いや、まさかそんな名前で忍者やってるとは思えないじゃん……あ、それが狙い？　あえての忍って名前？」

「本名です！」

まあ、偽名使わない段階で俺も甘いような気がするが。

「儂らは『半蔵門』に所属する『超忍』じゃ。断っておくが、下手な言い逃れは通用せんものと思え」

半蔵門とは、政府公認の秘密治安維持組織だ。

警察の手に負えない事件やテロに対抗する為、一般人には秘匿された組織として存在する。

半蔵門には治安維持部隊の他に、構成員の育成機関としての顔もあり、常に一定数誕生する戸籍の無い子供を集め、秘密裏に山奥の施設で育て、鍛え上げ、素養のある子供だけを選別して現代の忍者である『超忍』にする。

俺は『超忍』の卵で、マオは俺の師匠だった。

マオが視線で指示するので、俺は白石を無理矢理立たせ、普段食事に使っている椅子に座らせ、テーブルを挟んで向かいあう。

丁度、刑事が犯人を尋問するみたいな雰囲気になるが、本来犯人に向けるライトや、食わせるカツ丼とかを置く場所であるテーブルにマオが座っているので、いまいち威圧感に乏しい。

しかし、マオは百戦錬磨の忍者である。

俺でも把握していない技術や忍法を使えるし、相手の表情や態度で考えを読む事は造作も無いので、嘘や言い逃れが通用しないのは事実だ。

「まず、お主がこ奴に接触した理由を言え」

「……家出してるから居候したくて……」

「え？　家出してるってのはマジだったのか？」

「マジだよ。私嘘なんかつかないし」

コイツは本当に俺が忍者だとは気付かずに接触したらしい。

お互いに相手が忍者だと気付かずに半日過ごし、こうやって接触している事を考えると、我ながら間抜けな構図だ。

「家出して、どれくらい経つんだ？」

「う～ん、一ケ月くらいかな」

「その間の生活は……？」

「ネットカフェとか、カプセルホテルに泊まりながら旅してたって感じ」

「金はどうしたんだよ？」

「暗示の術で料金をタダにしたの」

「犯罪だよ！」

思わず声が裏返った。

「マオ！　コイツ犯罪者です！　忍法を犯罪に使ってますよ！」

「やかましい！　いちいち喚くでない！」

マオの方は、白石雪をじっと観察し、言葉少なめになっていた。

仕方なく、俺の方で尋問する事にした。

「何の為に高校に入学したんだ？」

「普通の女子高生になってみたかったんだよ。青春ってヤツに憧れちゃってね」

「入学手続きとか……制服とかは？」

「暗示の術で……」

「だから犯罪だって！」

想像以上にヤバい女だぜ、コイツは。

「家出したって言ってたけど、そもそもお前は何処の組織に育てられたんだ？」

「組織かどうかは知らないけど、実家の名前は『羅生門』だよ」

「はあ!?　羅生門!?」

羅生門とは、非政府組織の忍者集団の中で、最大最強の組織だ。

俺達が所属する半蔵門とは、裏の世界で暗闘を繰り返す最大の宿敵だった。

俺達『超忍』に対して、『獣忍』という構成員を育成している。

半蔵門は政府の命令で行動するのに対して、羅生門は民間の依頼で行動する。

それだけ聞けば公務員と自営業程度の違いに思えるが、民間人が忍者に依頼する事はほとんどがロクでもない。

端的に言えば、金次第で暗殺や破壊工作にも手を染めるトンデモ連中だ。

ぶっちゃけ、半蔵門の忍者が行う任務の大多数が、羅生門の行う犯罪の取り締まりだ。

「マオ！　コイツ羅生門の獣忍です！　大物の犯罪者です！」

「だからいちいち喚くなと言っておろうが！　冷静になれ！」

何故か解らないが、マオは白石雪をジロジロと観察し、あまり言葉を発しない。

「えへ。『超忍』と『獣忍』が隣の席になるって、何だか運命的だね」

「そんなポエミーな話じゃないだろ」

「それにしても、字幕無しの会話だと『町人』と『住人』としか聞こえないから意味不明の会話だね」

「そうだな……ってどうでも良(い)いわそんな事！　ていうか字幕って何だ！」

敵対する相手に尋問されているのに、白石雪(しらいしゆき)はマイペースを崩さない。

どういうメンタルしてんだコイツは。

「そもそも忍(しのぶ)君は何で一般高に通ってんの？　あそこって実は忍者の学校だったりする？」

「いや。一般の高校に通って、正体を卒業まで隠すって試験があるんだ。俺はその試験の最中だよ」

「あ〜あ。じゃあ私に正体バレたから不合格になるね」

「な、ならねえよ……」

白石雪は一般人じゃないから、不合格にはならない筈(はず)だ。

ならないですよね？

「早く落ち着ける拠点が欲しくて物色してたんだけどさあ、まさか最高の物件だと思ってた家に忍者がいるとはねえ」

「最高どころか最悪の物件を選んだようじゃのう」

それにしても、どうして俺はコイツが一般人だと思い込んでたんだろ？

羅生門(らしょうもん)の獣忍(じゅうにん)なんか、現代の忍者の中でもかなり厄介な連中なのに。

「未熟者め。どんな相手にも油断するなと言っておったじゃろう」

俺の考えを見透かしたようなタイミングで、マオが説教してくる。

「忍者には事に及ぶ時、『己を強くする者』と、『強いモノを呼び出す者』の二通りがいる。儂らは前者、この娘は後者じゃ」

「……」

俺は返す言葉も無かった。

つまり、明らかに一般人並みの身体能力の持ち主だろうが忍者である可能性はあるんだ。これまでの方針は全て見直して、周囲の人間全員を警戒する必要があるらしい。

「それでマオ。コイツをどうします？」

「止むを得ん。影山家で保護しよう」

マオは信じがたい事を提案しやがった。

「え⁉　良いの⁉」

「ただし、お主はあくまで犯罪者じゃ。儂らの元で監視対象とするから、出来るだけ忍と行動を共にせよ」

「はい！　わかりました！」

「勝手に話を進めるな！」

輝く笑顔を見せてはしゃぎ始め、マオを抱きかかえた白石から、俺はマオを奪う。

「どういう事ですか？　何でアイツを俺達が保護しないといけないんです？」

「これ以上、無銭飲食をさせる訳にもいくまい。あ奴が払うべきだった料金は、儂が調べて払っておこう」

マオはこれ以上ないくらいに白石雪を手厚く保護する気だ。

「本気ですか？　未成年者略取の罪で俺が捕まったらどうするんです？」

「細かい事をグチグチ言うな」

「細かくないですよ。逮捕されるかどうかの話ですよ？」

「お主はＪＫとの同居にワクワクせんのか？　男のロマンではないか」

「ドキドキはしますよ。別の意味で」

マオは一度決めたら意見を変えないからなあ。

俺が何を言っても無駄だし、白石雪を保護する、と決めた本当の理由も話すつもりはなさそうだ。

しかし、どうしても確認したい事がある。

「マオ。警察がこの家に踏み込んだ時、マオが俺のフォローをしてくれるんですよね？」

「……」

「何故そこで無言!?」

今のマオの態度ではっきりした。

影山家に警察がやってきて「影山忍！　未成年者略取の罪で逮捕する！」と言われても、慌てている俺の足元で普通のネコのフリをしてやり過ごす算段なんだ。

しかし、とにもかくにも、俺は隣の席の転校生と同居する事になってしまった。

第二章　超忍（ちょうにん）

コレは、悪夢だ。悪夢を見ている。

——自分が、今まさに眠って夢を見ている事に気付く事がある。

俺は、自分が悪夢を見ている最中である事を自覚していた。

その悪夢の中で、俺は子供の姿だ。

物心ついたばかりの頃。

まだ五歳くらいの年齢だった。

同年代の子供が、同じ施設に数十人集められ、同じ課題、訓練をこなす日々。

視界に入るのは、子供も大人（おとな）も含めて全員が見知った相手で、俺にとってはその全てがかけがえの無い存在だった。

俺は、周りにいる連中が全員好きだった。

大好きなヤツらと一緒にいるだけで幸せだった。

でも、この連中とはもう会えない。

コイツらはもう、一人残らず……。

＊

「忍君。大丈夫？」

「うあ……？」

悪夢にうなされていた俺は、白石に起こされる。

眼前には、見なれた天井。

そして枕もとには、毎朝スイッチを切っている目覚まし時計が。

俺はベッドより布団で寝る方が好きだ。

だから自室は和室であり、寝る時は畳の上に布団を敷いて寝ている。

「なんか目茶苦茶うなされてたよ？　廊下からも聞こえるくらい」

「ん!?」

俺の事を起した白石の服装を見て、俺は仰天し、眠気が吹っ飛んだ。

コイツ、パンツとワイシャツしか着てねえ！

殆ど裸ワイシャツ姿で人前に立ってるものだから、眼前には白いパンツが丸見えだ。

思わず布団から転げるように飛び出し、部屋の隅にまで移動する。

初対面に近い男の前にこんな格好で現れる女がいるなんて信じられない。

「ところで、忍君って寝顔可愛いねえ」

「いや！　服着てくださいよ！」

あと可愛いのはお前だよ！

「でも私が部屋に入ってきても気付かないで寝てるのは忍者としてどうかなあ？」

「それは自分でも思いました！」

女のパンツを初めて見てしまった。

ノーブラ状態でワイシャツ着てるから、胸元もえらい事になってるし。

肌が白いのは知っていたが、神々しいくらい整った容姿だ。

ヤバい。ハニートラップに引っ掛かって破滅した忍者は星の数ほどいるらしいが、俺もその星の一つになりかねん状況だ。

今まで内心バカにしていてごめんね。色仕掛けに負けちゃった数多の男子達。

いや、落ち着け、表面上だけは冷静なフリをしなければ。

「でも、ちょっと真面目な話、私って着替え殆ど持ってないから、寝る時何も着るモノ無かったんだけど？」

「ジャージ渡しただろ？」

「ヤダよ、忍君の服着て寝るの」

「ああ、まあ、そりゃそうか……」

そもそも、俺とマオは白石雪が休む為の個室を用意してやったのだ。

空き部屋の一つに布団を敷いて、とりあえず一晩そこで過ごすように言ったのに。

「布団よりベッド派だから全然眠れなかったし」

俺の考えている事を見透かしたように、白石雪は肩をすくめる。

「ていうか、フローリングの上に布団敷いただけだと異様に寝苦しかったんだよ？　床が硬いならベッド。布団敷く時は畳。コレは基本でしょう？」

「注文の多い居候だな……」

しかし、言っている事は至極もっともだ。

今日の放課後、コイツの居候生活に必要な諸々を買って帰る必要があるな。

「何じゃあ……朝からやかましいのう……」

俺の部屋の押し入れから、マオが顔を出した。

俺は布団派。白石雪はベッド派だが、マオは押し入れの中に布団を敷いて寝るという、ワケの解らない派閥に属している。

「……」

白石雪は、何故かマオの姿を見て固まっている。

「え？　だ、誰ですか？」

しかも、敬語でマオに話しかけている。

「……あ、そうか。人の姿になっている時のマオは初めてか」

押し入れから出たマオは、黒髪の少女の姿に化けていた。

見た目は少女だが、頭からは猫耳が生えており、尻からは尻尾が生えている。

要するに、猫耳少女だった。

「か、可愛い……超可愛い……っていうか！　マオって女の子だったの!?」

「さあ。知らねえ」

俺は顔を洗う為に自室から出るが、何故か白石雪が追いすがってくる。

「忍君って、あんな可愛い子と同じ部屋で毎晩一緒だったの!?」

「可愛い子って……？」

「自覚無い……嘘でしょ!?」

白石雪は、何故か俺に対してドン引きしている。

どうやら、コイツはマオの事を誤解しているらしい。

「あのさあ、マオは変化の術って忍法を使ってるんだ。あの人は身長も体重も性別も年齢も自由自在。逆に本当の姿は誰も知らないんだよ」

「え？　じゃあ……」

「そ。女の子かもしれないけど、実際はジジイかもな」

「ええ……」

「解ったら、見た目が可愛いからって不用意に抱きかかえたりするなよ」

白石雪は何やら深刻な表情を浮かべている。

「ん？　どうかした？」

「えっと……マオって昨日、キャットフード食べてたよね？」

「食ってたな」

「あの……マオって人に化けた猫なの？　それとも、猫に化けた人なの？」

「どっちでも良いんじゃないの？」

「いやいやいや！　人がキャットフード食べちゃ駄目だよ！」

「深く考えるな。俺もマオの事はよく知らないんだ」

*

とりあえず、顔を洗った俺は鏡の前で歯を磨き始めた。

すると、何故か白石雪も隣で歯磨きを始める。

歯ブラシと歯磨き粉は昨日の晩、買い置きしておいた新品を渡してやったから問題無いが、一緒に歯を磨くのはなんか恥ずかしかった。

　同年代の女子と寝起きに同じ鏡の前で歯を磨くなんて、思春期の純情ボーイに過ぎない俺には刺激が強すぎる。

歯磨きが終わると休む間もなく朝食の用意だ。

影山(かげやま)家の炊事は俺の担当だからな。

基本的に、卵焼きをベースに、ハムやソーセージ、ミートボール等のタンパク系を日替わりで入れて、後はニンジンやブロッコリー、アスパラガスのような野菜を茹(ゆ)でて加えるだけのシンプルなメニューだ。

それを弁当に詰めて昼食にもする。

今日からは白石雪(しらいしゆき)の分も作る必要があるし、多めに作らないとな。

マオはリビングに入り、テレビのスイッチを入れて朝のニュース番組を見始める。

白石雪もマオの隣に座り、

「押し入れの中で寝るって、マオはドラえもんみたいだね？」

「ふっふっふ。気付いてしまったか。儂(わし)の正体を」

なんかしょうもない会話をしている。

俺が朝食の用意をしている間、いつの間にか裸ワイシャツ状態から制服姿になっている。

白石雪がマオと気が合う事は解(わか)っていた。

俺にジョジョを読む事を強要したのはマオだったし、ジョジョを愛読している白石雪とは相性が良(い)いだろう。

しかし、ドラえもんの秘密道具とジョジョのスタンドを暗記しないと、忍者として生き残る事は出来ないって本当かな？

　何でその二つを暗記する事が重要なのか未だに解らない。

「時に雪よ。お主はドラえもんの身長を知っておるか？」

「129・3㎝でしょ？　有名じゃん」

「では、大人になったのび太の身長は？」

「え？　知らない。そんな設定あるの？」

「176・9㎝じゃ」

「たっか！」

「ふっふっふ。業の深いキャラじゃろう？　日本の男は皆のび太を馬鹿にしながら育つが、蓋を開けてみれば殆どの男は成人後、のび太以下の身長で生きる事になる」

「うわ〜。確かに自分がのび太以下の身長だって自覚している人はいないわ〜。ていうか、随分と細かい身長設定にしてるのはどうしてかなあ？　ドラえもんは生年月日がモチーフだけど」

「それは知らん」

　のび太は身長より銃の腕の方がヤバいだろ。

　そう思ったが、俺は台所で調理に専念していたので黙っていた。

＊

「忍。儂はしばらく留守にするぞ」

三人で朝食を食べていると、マオが早々に席を立ち、姿を猫耳少女から猫に変える。

「白石雪を影山家で保護した事を半蔵門の上層部に伝えておかねばなるまい」

「深山達はどうします。教えておいた方が良いですか？」

「儂が上層部に伝えればヤツらにも報告が入るじゃろう。それまでは出来るだけ雪の正体は隠し通せ。いらぬトラブルを招きかねん」

「解りました」

「では、行ってくる」

マオはニャアと鳴きながらリビングを出て行った。

猫耳少女のまま移動するわけにはいかないんだろうけど、猫の姿のまま外出するのってどうなんだろう。

「……」

って！　白石雪と二人きりになっちまった！

おいおいおい！

本当に大切なモノは失ってから初めて解るとか言うけど、マジでマオがいなくなった後の気まずさが尋常じゃねえ！　別にマオは失われてないけど。

　マオがいる間は普通に過ごせたのに、白石雪と二人きりになった瞬間からドキドキが止まらないよう！

　早く帰ってくれないとヤバいよ！　何がヤバいのか知らんけど！

「このご飯おいしいね。忍君、普通に自炊出来るんだ」

　目の前で朝食を食べていた白石雪が声をかけてくる。

　コイツは俺ともマオとも楽しそうに話すが、こういう所は普通に羨ましい。

　俺は、もう必死に平静を装って返事した。

「ああ、まあ」

「あそこにお弁当二つあるけど、ひょっとして私の分も作ったの？」

「ああ、うん」

「……忍君って普通に凄くない？　実は優秀な忍者だったり？」

「いや、まだ試験終わって無いから忍者になってない」

「試験って、正体隠して、高校を卒業するってヤツ？」

「そう。それが終われば、俺は半蔵門の超忍になる」

「ひょっとして、さっき忍君が言ってた深山って人も、試験中なの？」

「ああ、俺の仲間だよ。同じ高校で試験の最中なんだ」

「あの学校って忍君以外にも忍者がいたんだ……」

「普通の高校には試験中の忍者が紛(まぎ)れ込んでいるもんなんだよ」

「どんな人達(たち)なの？」

「……」

マオはコイツを匿(かくま)うと決めた訳だが、身内の情報をベラベラ話して良(い)いのかと躊躇(ちゅうちょ)を覚える。

しかし、学校で白石雪が不用意にあの二人に近づいて正体がバレたりしたら、非常に危険だ。

「俺以外の忍者は二人。深山茜(あかね)って女子と、深山葵(あおい)って男子」

「苗字(みょうじ)が同じって事は……」

「姉弟(きょうだい)だよ。茜の方が姉で、葵が弟」

説明しながらも、俺は朝食を口に運び続ける。

「二人共クラスは別だから大丈夫だろうけど、あんまり近づかない方が良い」

「うん。マオが戻ってくるまでは気を付けた方が良さそうだね」

ところでさ、と白石雪は付け加える。

「その二人って、強いの？」

仲間の手の内をさらす気は無い。

しかし、あえて事実だけを淡々と伝える事にした。

「目茶苦茶(めちゃくちゃ)強い」

「ふ～ん」

白石雪(しらいしゆき)は、少し興味深そうにしている。

もうすぐ登校時間だが、その前に決めておくべき事が出来た。

「白石……」

「雪って呼んでほしいな。あんまり苗字(みょうじ)好きじゃないんだよ。私も忍(しのぶ)君って呼ぶからさ」

「……というか、いつの間にか名前呼びになってたな……」

女子を名前呼びするのは恥ずかしいような。

そもそも、苗字で女子を呼んだ経験も殆(ほとん)ど無いが。

クラスの注目を一身に浴びる転校生を名前呼びするのは目立ちすぎるし。

いや、待てよ？

当の本人が苗字で呼ばれる事に難色を示している以上、コイツはクラスメイト全員に同じ要求をする筈(はず)だ。

その場合、全員がコイツを雪と呼ぶ。

俺だけがコイツを白石と呼んでいれば、逆に目立ってしまう事になるぞ。

「わかったよ。雪って呼ぶ事にする」

俺は改めて雪と向かい合う。

これからコイツと同居しながら高校生活を送る事になったワケだが、この同居が周囲の同級生にバレる事態は避けたい。

絶対に騒ぎになるし、それは俺の試験に悪影響を及ぼす。

「俺達は、登下校の時間をズラそう」

「何で？」

「同居してるのがバレたら不味いだろ……」

「ああ……未成年者略取してるのがバレたくないんだ？」

「人聞きの悪い言い方するなよ。お前の為でもあるんだぞ」

「でも、マオが出来るだけ一緒にいろって言ってたよ？　登下校の時間、ずっと私から目を離して良いの？　私って、今は保護観察処分みたいな状態でしょ？」

「……」

ぐうの音も出ねえ。

「じゃ、じゃあ、学校の中で一切会話しないようにしよう」

「ええ？　何で？」

その時、雪は心底嫌そうな表情を浮かべた。

「俺達が会話して、忍者って事がバレる可能性がある」

「そこまで警戒する必要無いような気がするけどなあ」

「忍者同士は一般人の前で不必要に会話しないもんなんだよ。一瞬の油断で自分達の正体がバレるかもしれないから」

「じゃあ、ジョジョの話はどうすれば良いの？」

「……家の中だけですれば良いだろ」

「ええ～。学校にいる間は四六時中ジョジョ談義する予定だったのに！」

コイツ……自分の立場が解ってないのだろうか？

ドヤ顔で正体を明かした時に思ったが、雪は忍者の正体を隠す事をさして重要視していないように見える。

それはコイツの勝手だろうけど、俺の場合は試験の合否にかかってるからな。

「とにかく、俺達は一般人に正体がバレる訳にはいかないんだ。不用心なお前と会話して、試験が不合格になるのは御免なんだよ」

「はいはい。わかったよ。『会話しないぞ作戦』だね。了解」

雪は、どこか俺に呆れた様子で頷いていた。

＊

とりあえず、俺は校内では一切雪と会話しないようにした。

転校してきたばかりなのに、雪は周囲の男子の視線を集めていたし、女子からも声をかけられていた。

好奇の視線や質問に対して、雪は要領よく対応していたが、とにかく俺は雪と校内では他人のフリをしていた。

「……ねえ、影山（かげやま）君」

昼食の時間。

俺は女子生徒に声をかけられた。

友達ゼロ人生活を謳歌（おうか）している俺は、当然昼食は一人である。

しかし、だからと言って便所飯などしない。

トイレで弁当を食う気にはなれない。トイレ掃除してるのが他ならぬ俺で、他の誰よりも丁寧に掃除していると自負していると言っても、トイレで食事する必要があるか？

よって、俺は教室で堂々と自分で作った弁当を食うか、学食で堂々と料理を注文して食べる。一人で。

そんな俺に声をかける女子生徒は変わった女だ。

白石（しらいし）雪が転校する前から、その女子生徒にだけは声を定期的にかけられていた。

学級委員長を務める帯刀桜（たてわきさくら）だ。

名前だけ聞けば剣の達人とか、道場を経営している親がいそうな感じだが、立ち振る舞いや足運びを見るだけで判る。

正真正銘、ごく普通の女子生徒だ。

帯刀桜はクラスで一番成績が良く、生真面目な為、ボッチの俺にも声をかけるという奇特な女だったが、今日のコイツは俺の弁当を凝視して変な顔をしている。

「どうして貴方と白石さんは同じ弁当なのかしら？」

「ん？」

「影山君と白石さんの弁当の献立、全く同じじゃない。偶然にしては被りすぎてるわ」

「んもわ！」

俺はパニックになって変な声を出した。

しまった！　俺とした事がなんという凡ミスを！

雪との同居生活がバレないように細心の注意を払っていたというのに。

「……！」

言い訳を考えてみるが、全く何も思い浮かばない。

帯刀桜は俺の前の席に座っていた為、俺の隣の席の白石雪と一緒に弁当を食べている。

だからバレない方がおかしかったのだが、基本的にボッチ飯をしている俺の弁当を見るヤツが皆無だと、楽観視していたのが間違いだった。

「そりゃそうだよ。私の弁当作ってるの忍君だもん」

隣の席で弁当を広げていた雪はあっさりと自白している。

瞬間、クラスの連中がざわつき、俺に視線が集まっている事を肌で感じる。

「え？　ど、どうして白石さんの弁当を影山君が？」

「一緒に住んでるから」

「え!?」

雪は、帯刀桜の質問にペラペラ答えている。

その時、俺はクラスメイトからの視線に耐えきれなくなり、天井を見上げて泡を吹いていた。

「ど、どういう事？」

「私の親って仕事の都合で海外に行く事になったんだけどさあ、私日本語しか話せないから海外の学校に行きたくないっていったの。そうしたら、遠い親戚の影山さんの所で居候させてもらえばって話になったんだよ」

雪は、ベラベラとデタラメを口にしている。

ここまでスムーズに嘘をつける所を見ると羨ましくなってくる。

俺は咄嗟に嘘を思い浮かべる事が全く出来ないからな。

「じゃ、じゃあ二人は一緒に暮らしてるの？　高校生の男女が？　い、嫌だわ。何だかドキドキしてきた」

帯刀桜は両手で顔を覆って赤くなっている。

俺もドキドキしちゃうよ。同居がバレたから。

ヤバい！　クラスの注目を一身に浴びている転校生と同居している状態の俺が目立たない筈がない！

このまま目立ち続ければ何時かボロが出て俺の正体がクラスメイトにバレる可能性が。

いや、待て、落ち着け。

雪の言い訳は割と説得力があるし、そこまでクラスがざわつく事もあるまい、と思っていた俺は見上げていた天井から視線を元に戻すと、

「ひえ！」

クラスの女子がほぼ全員俺の周辺に集まっている事に気付いて悲鳴を上げた。

我ながら「ひえ！」なんてダサイ悲鳴をリアルで上げる羽目になるとは思わなかった。

しかも、女子生徒はどちらかというと雪よりも俺の方をガン見している。

「ええ？　このお弁当影山君が作ってるの？」

「卵焼き綺麗に焼けてる！」

「白石さんの分も作ってあげてるなんて優し～」

「味は？　美味しいの？」

「凄く美味しいよ。朝食も作ってくれるし」

雪の返事を聞き、女子生徒が「すご～い！」と声をハモらせる。

俺はクラスの女子生徒が至近距離に集まるという事態に口から泡を吹いて「あわわ」という事しか出来ない。

もう嫌だ。これ以上注目されたくない。

もう今すぐ消えて無くなりたい。

どうして俺は二人分の弁当を全て同じメニューで作るという凡ミスをかましてしまったんだ。

「……影山君って料理出来るのね。良い旦那さんになれるんじゃない？」

帯刀桜がそう呟いた時、俺は白目を向いて失神していた。

*

「クソ！　俺とした事が！」

俺は校内で人気のない渡り廊下で頭を抱えた。

完璧だったはずの偽装工作が破綻してしまった。

弘法にも筆の誤りとはこの事だろうか。

「はじめから隠し通すことなんか無理だったんだよ。もう諦めなよ」

校内では一切口を利かない予定だったのに、雪は普通に俺に話しかけている。

「バレちゃったんだから、これからは一緒に行動出来るでしょ。普通におしゃべりしようよ。ね？」

「……」

「え？　まだ学校で『会話しないぞ作戦』を続けるの？」

別にそういうわけじゃないが、未だに俺は女子と会話する事に慣れていないのだ。

「というか、そもそもの疑問なんだけど、忍君ってこの高校に一年間通ってたんだよね？なのにどうして友達が一人もいないの？」

「いや、別に……」

「ひょっとして正体を隠し通す為に対人関係を避けてるとか？」

「まあ、そうだな……世を忍ぶ仮の姿だし……」

本当は普通に生活してたらボッチになっていただけなんだが。

なんか良いように解釈されたから肯定しておいた。

「忍君……悪いんだけど、君ってかなり悪目立ちしてるからね？」

「え？」

雪の言葉は、耳を疑うものだった。

悪目立ち？　俺が目立っている？

そんな事がある訳がない。

目立っていれば友達が出来る筈だからだ。

少なくとも、誰からも話しかけられない状態にはなるまい。

「いや、だって普通は友達が出来るし」

「うっ！」

何故か、「普通は友達が出来る」という言葉の響きが、俺の胸にナイフが刺さったような痛みを与えてくる。

「目立ちたくないって思う事が逆効果になってるんだよ。普通の高校生を演じるなら、普通に過ごして友達を作った方が良いと思うよ？　だって周りに友達がいる方が目立たないじゃない。木の葉を隠すなら森ってわけじゃないけど、人ごみに紛れた方がいいよ。教室で一人きりだと目立ってるじゃん。忍べてないじゃん」

「……まあ、そういう考え方もあるな」

俺は、普通に過ごせば友達が出来る、みたいな発言にいちいち傷ついていた。

いや、普通に過ごした結果、ボッチになりましたが？

しかし、正体を隠す俺にとって孤立する事は好都合だけど。

「忍君さあ、男子生徒全員から怖がられてるの気付いてる？」

「ええ!?」

「あ、想像もしてなかったんだね……」

「何で俺が怖がられる？」

「体育の時に、着替えるでしょ？」

　雪は、何故か呆れ顔で俺を見ている。

「その時、忍君の裸を他の生徒に見られるわけじゃん？」

「うん」

「忍君って、目茶苦茶鍛えてるでしょ？」

「人並みには」

「人並みじゃないじゃん。人並み外れて異様にバッキバキで筋肉質でしょ？　なんか傷だらけだし。最初に見たらビビっちゃうんだよ。誰でも」

「何で？」

「いや、何でって……部活にも参加してないのに、筋肉質な男子に刀傷と銃で撃たれたみたいな跡あったら目立つじゃん。明らかに修羅場を潜った数が違いますって感じでしょ」

　何という事だ。

　折角一般生徒並みの運動能力だと偽装して生活していたというのに、まさか身体の肉質と傷跡で私生活の一端がバレていたとは。

しかし、体格と傷跡なんて隠しようが無いのに、どうすれば良いんだ。

「だからさあ、友達を作って、『筋トレ趣味なんだ～』とか、『事故にあって怪我しちゃって～』とか言えば適当にごまかせるのに、誰とも、全く会話せずに生活しているから、『誰も俺に近づくな』とか、『俺は普通じゃない』感が出てるんだよ。私、一週間もいないのに、君の噂聞きまくっちゃったよ。反社とか、半グレとか、ヤクザの組長の息子とか、目茶苦茶黒い噂ばっかりだったよ？」

「なん……だと……？」

俺は驚愕する。

まさか、学校で誰も俺に話しかけなかったのは、虐められていた訳ではなく、皆俺の事が怖かったからだというのか？

他人を怖がらせるような事は一切していないのに。

普通に生活していただけなのに。

「なんて事だ……人畜無害な高校生のつもりだったのに」

「どっちかって言うと人外魔境の異常者に見えるんだよ」

がくりと項垂れている俺の肩に、雪がポンと手を乗せる。

「とりあえずさ、私と一緒に登下校して、危険人物じゃないって空気出そうよ。私も忍君は優しいよ～とか、怖くないよ～って噂流してあげるから」

「ああ、うん」

何で俺、コイツに慰められてんの？

どっちかって言うと、危険人物はコイツなんだけど。

あれ？　でも何か、忘れている事があるような？

雪と同居中という事がクラスメイトにバレて動揺していたが、肝心な事を失念しているような気がしてきた。

「じゃ、私教室に戻るからね」

そういって、渡り廊下を小走りに移動する雪を目で追った時、

「げ！」

とある女子生徒が、雪とすれ違う形でこちらに向かって来た。

赤みがかった長く、艶やかな黒髪。

制服がはち切れそうになる程に豊満な胸。

そして赤い瞳。

女子高生離れした、妖艶な美貌。

この学校の男子生徒なら、殆ど全員が見惚れた経験のある美少女。

深山茜だった。

茜は渡り廊下を止まらずに歩いていたが、俺を一瞥すると、ワイシャツの襟に触れた。

すれ違いざまに襟に触れる行為。

それは俺達の間で『話がある』という意思表示。

半蔵門に育てられた現代の忍者、超忍同士に通じる暗号。

忘れてた！

この学校には俺以外にも超忍がいるから、雪と同居中ってバレたらヤバいじゃん！

*

学校の屋上。

俺は一人で佇み、空を見上げていた。

女子生徒から好奇の視線にさらされ、男子生徒からは嫉妬の視線にさらされて耐えがたくなったから、ではない。

元々、俺は誰とも友人になっていないし、男子生徒からは無視されている。

目線を向ければ逸らされるし、そもそも自分から話しかける事が無い俺は完全に孤立していた。

まさかそれが怖がられていた所為だとは夢にも思わなかったが。

「急に呼んで悪かったわね、忍」

「おわ!?」

背後から、女子に話しかけられる。

深山茜は渡り廊下ですれ違った時、ハンドサインで「話がある」と伝えて来たのだ。

それは別に良かったんだけど、話しかけられる時に茜の身体が俺の背中にぶつかった。

そうなると、身体の中で一番出っ張っている部分が密着する。

当然、茜の巨乳が俺の背中に思い切りぶつかった。

制服越しなのに恐ろしい程の弾力だった。

「……? アンタ何でエビぞりになってんの?」

「いや、別に。いきなり後ろからぶつかるからビックリして」

胸が当たったからとは言えませんよ。

「簡単に背中とれたわよ。油断し過ぎなんじゃないの?」

授業中に脇腹を指で突いた時の雪みたいな事言いやがって。

どうして忍者は他人の背後に立って「隙だらけだぞ」とか言うのが好きなんだ。

コイツは俺と同じ超忍の卵で、今まさに『普通の高校に入学して卒業するまで正体を隠す』という試験の真っ最中だった。

この最終試験に参加するまで面識はなかったから、知りあって一年になる。

お互いに周囲に正体を隠す必要があったため、仲間である事も隠す必要があった。

だからこれまで必要最低限の接触に留めていたが、

「アンタ、転校生の白石雪って女と同居してるって本当？」

今回ばかりは、情報交換する必要があると判断したらしい。

情報交換と言っても、俺が一方的に事情を話すだけだろうが。

しかし、問題は無い。

白石雪が抜け忍で、影山家で保護すると決めたのはマオだ。

マオは半蔵門の中でも高い地位にいるらしいし、コイツもマオの決めた事だと知れば納得する筈だ。

「ああ、ちょっと理由があってな」

「同居してるのね？」

「ああ、実はな……」

その時、屋上で銃声が鳴り響いた。

茜が拳銃を抜いて俺に向けて発砲したからだ。

「えええええええええええええええ!?」

コイツ撃ちやがった！

何の躊躇も無く俺に向けて発砲しやがった！

デザインが気に入っているという理由で使用しているモーゼルＭ７１２を発砲したぞ！

　俺が着ている制服は強化アラミド繊維製だから、並の銃弾と刃物では傷がつかない。

　咄嗟に制服の袖で受けたから良かったが、コイツ普通に俺の頭部に向けて発砲したぞ！

「何してんの!?　何でいきなり撃ったの!?」

「ねえ。超忍の男女比率って知ってる？」

「はあ？」

　俺の質問に答えず、茜はモーゼルの銃口を向けたまま語り始める。

「九対一。女が九で、男が一。つまり超忍の九割は女なの。それがどうしてか知ってる？」

「いや、知らんけど？」

　それより何で俺を撃ったのか説明しろよ。

「私達は、いろんな技術を叩き込まれるでしょ？　その中には、クライミング、ピッキング、マインドコントロールなんかもある」

「あ、ああ」

「特に、マインドコントロールは凄い技術よね。効果に個人差はあるけど、人によっては簡単に洗脳して操り人形に出来るわ。そんな技術を男に習得させると、どうなるか知ってる？」

「え？」

「女の子を洗脳して、エロい事しようとすんのよ。エロマンガみたいに。だから男の忍者

は試験中に忍法を悪用して不合格になんのよ」

「いやいやいや！」

この段階で、茜が何を怒っているのか解ったぞ。

コイツ、俺が雪を洗脳して自宅に監禁していると思ってやがる。

それこそ、エロマンガみたいに。

「待て茜！　誤解だ！」

「私ね、割とアンタの事尊敬してたのよ。何回か一緒に任務をこなして、実力があるのは認めてたし、そんな高い技術を絶対に悪用しようとしなかった。男の中にも、忍法を悪用しないヤツもいるんだなあ、って感心してたわ」

正しいよ！　その感想は正しい。

俺は忍法を悪用した事無いし！

「アンタは私の信頼を裏切った。人として越えちゃいけないラインを越えたのよ」

「待て待て！　俺の話を聞け！」

「何よ？　言いたい事があるなら言ってみなさいよ」

「実はな……」

「言い逃れするな！」

「どっちだよ！」

茜はモーゼルを俺に向けて発砲しまくる。

普通に銃声鳴ってるし、目茶苦茶目立ってるう！

「アンタの気持ちも解るわ。あの白石雪って子、可愛かったわね？　肌も白くて、妖精みたいだった。あの子があんまりにも可愛いから、魔が差したってわけね？」

「違う違う！　俺はアイツを洗脳なんかしてないから！」

どちらかというと、アイツの方が洗脳しようとしてたからな。

被害者は俺だ。

「嘘つくんじゃないわよ。洗脳無しにアンタが女子と会話出来るワケないでしょうが。このボッチ野郎が」

「酷え！」

「選びなさい、忍」

「な、何を？」

「正直に話してから撃たれるか、黙って撃たれるか」

「既に撃ってるだろ！」

俺のツッコミを無視し、茜はモーゼルの銃口を向けたままだ。

「解ってるわよ、忍」

「は？　何が？」

「アンタは強い。多分私よりもはるかに強い。マオ様の寵愛を一身に受けたアンタの実力は最強よ」

「いや、それはどうかな……」

なんかコイツ、マオの弟子というだけの理由で俺を異様に高く買っているな。

「私が全力で戦っても、私は負けるわ。それでも私は屈しないわよ！　実力差があるという理由で行動を変えたりしないわ！　間違った事は正すべきなのよ！　命に替えてもね！」

「その裂帛の気合は俺以外に向けてくれ！　俺はマジで悪い事してないから！」

「返り討ちにあった私はアンタに好き勝手にされるんでしょうけど、そんな事で私の心は折れないわよ！」

「好き勝手になんかしねえよ！」

俺の言葉を全て無視し、茜はモーゼルを発光させる。

「忍法……魔弾の術……」

「おおおおおおい！　忍法使うのだけはやめろ！　マジでやめろ！」

茜の銃口から、これまでの銃弾とは別物の銃弾が飛び出そうとしている。

魔弾。

相手に命中するまで決して止まらないという、不条理極まりない忍法。

それは、弾道を見切って避けたり、強化アラミド繊維で防ぐという行為を許さない。

何故（なぜ）なら相手に必ず命中するという性質上、何かで防ごうとしても、その盾を避けて弾丸は俺の急所に命中する。

つまり、回避不可能の弾丸。

そんな忍法を、平然と俺に向けて使おうとする茜を見て、俺も忍法を使わざるをえないかと構えた時、

「忍法……妖刀（ようとう）の術」

茜の持っていたモーゼルが、唐突に両断された。

それも異様に綺麗（きれい）な断面に、真っ二つに。

やったのは俺じゃない。

「葵（あおい）!?」

銃声を聞いて、屋上に駆けつけたらしい、深山（みやま）葵だった。

青みがかった黒髪と、青い瞳を持つ美男子。

体つきが細く、一見すると優男（やさおとこ）に見える。

しかし、その制服の下は極限まで鍛え上げられた、しなやかな筋肉に覆われている。

首から上が美少女に見える程、中性的な美貌を持つ葵は、校内の女子から王子と呼ばれている。

「姉さん……何をやっているんですか？」

葵は柄の長い日本刀を持ちながら、呆れ気味に姉の茜を見つめている。

茜と葵は双子の姉弟だ。

姉弟共に、俺と一緒にこの高校に身分を偽って入学し、試験を受けている。

「どきなさい葵！　そいつが何やったのか知ってるの！」

「知りませんが、多分姉さんの誤解だと思いますよ？」

「そいつは女子高生を洗脳して監禁してんのよ！　エロい事目的に！」

「……本当ですか？」

茜の言葉を聞いた葵は、振り返って俺の方を見る。

俺は慌てて首を横にふった。

「姉さん。また早合点して暴走したんですか……」

「違うわよ！　そいつが白石雪って転校生と同居してるのはマジなのよ！」

「仮にそうだとしても忍が女の子に酷い事するわけないでしょ」

「葵……」

俺は思わず泣きそうになった。

白石雪と同居中なのは本当なのに、葵は俺の事を全く疑っていない。

全幅の信頼を寄せてくれている。

実の姉より、俺の方を信じてくれるという事実に、目頭が熱くなった。

「忍にそんな度胸ありませんよ。多分女子高生と同居しても、未成年者略取の罪で収監される事にビビって何も出来ません」

「あんな可愛(かわい)い女と同じ家にいて何もしない野郎なんかいないわ！」

「そんな野郎がたまにいるんですよ。保身に走って何も実行出来ない男が」

「……」

　何か、信頼とは違うモノを感じるが、俺は気のせいだと思っておいた。

「そもそも、影山(かげやま)家にはマオ様がいらっしゃるでしょう？　マオ様の監視下で忍法を悪用する事は不可能ではありませんか？」

「そう言えばそうね……。マオ様が女子高生の監禁なんて許す訳無いわ」

「つまり、その白石雪という女子生徒が影山家にいるとすれば、それはマオ様の意向である可能性が非常に高いです。忍はマオ様の許可が無ければ何も出来ない筈(はず)ですから」

「なるほど。確かに忍はマオ様に逆らわないわ」

「はい。忍に女の子を洗脳して自宅で監禁する度胸なんか絶対にありません。誰にもバレない状況下だとしても、相手の同意があったとしても、忍は手を出しません」

　何でコイツらの会話はこんなに俺を傷付けるんだろ。

「とりあえず、忍の話を聞いてみませんか？」

「そうね。話しなさい、忍」

葵の言葉で茜の戦意が消えたのを確認した俺は、とりあえず半泣きで説明を始めた。

「羅生門の抜け忍!?　白石雪が？」

「それをマオ様が保護すると決めた……という事ですか？」

「何ですぐにそれを言わないのよ！」

「言う前に撃っただろ！　お前一切話を聞かなかったじゃないか！」

屋上で説明を終えた俺はとりあえず誤解を解けたが、また別の問題が出来てしまった。

人のいない屋上とは言え、茜が発砲、葵が抜刀したのだ。

普通に試験中の忍者としては最悪の減点行為じゃないの？

「これ、どうするんだよ茜……」

「どうするって何が？」

「校内で発砲した件だよ。これどうやって隠蔽するつもりなんだ？」

「別に花火が爆発したとか適当な事言ってれば良いのよ。仮に学校の連中にバレても暗示で記憶消せば済むし」

「暗示の効果には個人差があるんだぞ？　あんまり過信しない方が……」

「大丈夫よ。仮に何かあれば私が責任取るし」

茜は平然とそんな事を言う。

「いざとなれば私一人が勝手にやらかしたって事にするから、アンタ等(ら)二人に迷惑かけるつもりは無いわ」

いや、実際に勝手にやらかしたのは茜一人だけど。

弟である葵は眉をひそめていた。

「姉さん。こういう時は連帯責任です。一人に全て被(かぶ)らせるわけには」

「忍者の世界に連帯責任なんてないの。今日の事は私一人のせいよ」

「責任なら僕が取りますよ。僕が日頃から忍(しのぶ)と話し合っていれば、姉さんが暴走する事も無かったわけですし」

「何でそうなるのよ？　責任は私が取るわ」

「いえ。僕が責任を取ります」

なんか、姉弟(きょうだい)で責任をなすり付けあうのではなく、責任を取り合い始めたぞ？

こういう会話を聞いていると、何故(なぜ)か俺にも責任があるような気がしてきた。

よく考えれば、白石雪を影山(かげやま)家で匿(かくま)うと決めた時、すぐに二人に知らせておけばこんな誤解は発生しなかったわけだし。

この二人だけに責任を押しつけるのはよくない気がしてきた。

「責任は私が取る」

「いえ、僕が取ります」

「なあ、俺にも責任の一端が……」

「「どうぞどうぞ」」

「は？」

突然、向かい合って互いを庇(かば)い合っていた姉弟(きょうだい)が俺を凝視してきた。

「アンタ一人で責任取りなさいよ。そもそもアンタが全部悪いんだから」

「はあ!?」

茜(あかね)はまるで悪びれることなく、そんな事を平然と言い捨てやがった。

「忍(しのぶ)は何も悪くありません。しかし、全て忍のせいにしようと思います」

葵(あおい)は悪びれてはいるが、更に酷(ひど)い言い草だった。

コイツら、俺の事は一切庇わねえ！

なんて仲間意識が希薄なヤツらなんだろ。

まあ、ある意味忍者らしいけど。

「……ふふ」

俺が苦悶(くもん)していると、葵が他人事(ひとごと)のように笑い始めた。

「僕は忍のそういう所が好きですよ？」

「は？」

顎に手を当て、葵はニヤニヤとしている。

「今日の件を試験官に報告する時、一人きりになるんだから全て僕ら二人のせいにすれば済む話じゃないですか。でもそんな事、思いつきもしないからそんなに悩むんでしょ？」

「……だから？」

「嘘(うそ)はつけないし、他人を陥(おとしい)れる事が絶対に出来ないんですね。この愚か者は」

「はあ？　バカにしてるのか？」

「いえ、ですからそういう所が好きだと言ってます。お慕い申し上げております」

心底バカにされていると解(わか)った。

余計に腹が立つが、仮に本心から慕われていたとしても嬉(うれ)しくない。

相手は中性的とはいえ野郎だし。

「うげ！」

気が付けば、何人かの教師が屋上に顔を出していた。

「お前ら、こんな所で何をしている！　まだ授業中だぞ！」

「あ、僕のクラスの担任ですね」

葵があっけらかんとしている。

多分、銃声を聞いて教室を飛び出した葵を訝(いぶか)しく思ってここに来たんだ。

よく耳を澄ませば、校内がざわついているのもわかる。

「おい！　聞いているのかお前ら！」

屋上に来た教師が怒鳴りながらこちらに向かってくる。

怒るのも当然だ。

授業中なのに三人でサボり、悪びれもせずに無反応なんだから。

しかし、運が悪い事に、怒っていた教師はよりにもよって俺達三人の中で最も触れてはいけないヤツの肩に手を乗せた。

この場で唯一の女子生徒である深山茜だ。

「触んな」

茜は、自分の肩を掴んだ教師の足を払った。

瞬間、大柄な教師の身体が信じられない勢いで回転し、屋上の床に叩きつけられた。

ひでえ……。

後頭部とか打っていたら死んでもおかしくない勢いでコケさせたぞ。

倒れた教師は意識が朦朧となり、他の教師は絶句している。

「忍。私、暗示とか苦手だからアンタが記憶消しときなさい。他の野次馬とか全部」

「……さっきあれだけ暗示を悪用するなって言ったヤツが、自分の暴行事件を隠蔽か」

俺は茜に皮肉を言ったが、

「命を消さずに記憶消すだけなんだから良心的でしょ」

平然と、笑みを浮かべるだけだった。

＊

「深山茜、深山葵は銃刀法違反。お前は未成年者略取……お前ら忍ぶ気あるの？」

あの後。俺は校内でざわついていた連中の記憶を全て暗示で消しておいた。

屋上に来た教師の記憶を改竄し、俺達が授業をサボった形跡を全て消すのに数時間を要した。

当然、そんなに派手な行動を実行すればバレる筈だ。

俺達の試験を監視している半蔵門の試験官に。

俺は、放課後、自宅に戻らずにとある喫茶店に寄る事になった。

営業時間外なので、店の中には店長と俺の二人だけだ。

その喫茶店は表向き普通の店だが、その実体は全国に無数に存在する半蔵門の拠点の一つだ。

今は織部悟、という若い忍者が喫茶店の店長のフリをしながら、高校に通っている俺達三人の監視、および、任務の斡旋等を行っている。

要するに、俺達にとっては先輩であり、試験官でもある存在だ。

俺は、マオの意向で影山家に白石雪という抜け忍を匿っている事。

そして茜と葵が校内で武器と忍法を使用してしまった事を説明した。

「すいませんでした。茜も葵も必要にかられて武装を使用しました。減点は俺一人でお願いします……」

「あ〜、もう良い。面倒くさいから三人全員死刑だ」

「ええ……」

織部悟はけだるげに俺の言葉を遮った。

まだ弱冠二十歳の筈だが、俺達の試験官役を任される程に信頼され、既に様々な任務を完遂していた織部悟は、別に老けているわけではないが、実年齢より大人びて見える。

緑色にも見える黒髪と黒目。

細身だが長身で鍛え上げられた体は、華奢やひ弱という印象とは程遠い。

既に俺達が行っている試験に合格し、半蔵門の構成員になっているのだから当然だろう。

「お前ら、コネがあるからやりたい放題だな。どうせ何やっても不合格にならんとか思ってんだろ？」

「コネ？　何の話ですか？」

「解らないのか？　コネがあるヤツは自分のコネを自覚せずに生きるものだな」

俺が首を傾げていると、織部悟はコーヒーを淹れて俺に差し出してくる。

とりあえず、突っ立っていた俺は、カウンターを挟む形で織部悟と向かい合う。

「今、半蔵門の超忍で最強と言われているヤツが誰か知ってるか？」

「いえ、知りません」

「深山蘇芳」

「深山？　苗字が同じって事は……」

「そう。茜と葵の父親だ」

それは初耳、というより、意外な話だった。

半蔵門は世間一般に秘匿された、公的治安維持組織であると同時に、育成機関でもある。

日本全国で戸籍の無い子供を集め、訓練を施し、素養のある者を選別して現代の忍者、超忍に育てている。

だから、俺も親と面識は無いし、戸籍も無い。

茜と葵もそうだと思っていたが、違うらしい。

「え？　じゃあ茜と葵って、忍者の子供なんですか？」

「そう。半蔵門では、強い超忍は子供を作る事を推奨されてるんだ。超忍の能力は遺伝する事が多いから、強ければ強い程、子供を多く作って戦力を増やしたいんだと」

「確かに、あの二人は強いですからね」

あの二人とは何度か一緒に任務をこなした事があるから知っているが、はっきり言って二人共人間をやめている。

「今の半蔵門全体で見ても、十本の指に入るんじゃないか、二人共」

「そこまでですか……」

「そんな将来有望の二人を、こんな事で不合格に出来るワケないだろ。最悪、俺が切り捨てられるだろ」

「ひでえ……」

隠蔽工作を筆頭とした、俺達の行為による尻拭いをさせられるであろう、織部悟の苦労がうかがえた。

「あの二人にコネがあるのは解りましたけど、俺にコネなんかありますか？」

「ああ、勘違いだった。お前にあるのはコネじゃなくて、ネコだったな」

「……」

「……」

俺が黙ると、何故か織部も黙ってしまった。

それからしばらく、二人で無言になるが、

「あ、ネコってマオの事ですか？」

「ああ」

「ネコとコネをかけてたんですか。気が付かなくてごめんなさい」

「謝るな。余計に惨めになる」

「いや、気が付けば面白いですよ。抱腹絶倒とはこの事かと思いました」

「だからやめろ。滑った相手を慰めるな」

何故か、喫茶店のキッチンでごそごそと探しものを始めた織部は、俺にプリンを差し出してくる。

「俺がマオの弟子な事が、コネになってますか？」

「マオは半蔵門の創設メンバー最後の生き残りだ」

「え？　半蔵門っていつからあるんですか？」

「戦国時代」

「はあ!?　マオって一体何歳なんです？」

「知らんよ。少なくとも五百年以上は生きてる事になるな。半蔵門の構成員で、マオを知らんヤツはいない」

何という事だ。

変化の術で、人と猫の姿に化けたり、老若男女、好きな姿に変身出来る事は知っていたが、実年齢は全く知らなかった。

というか、五百年生きてるって、もう人間じゃないだろ。

仙人とか、妖怪の域に到達している。

「要するに、お前は伝説の忍者が愛弟子にした男って事だ」

「何で俺が？」

「さあな。見込みがあったんじゃないか？」

マオとは、半蔵門の養成所で出会っている。

子供の頃、養成所の訓練をサボりまくっていた俺は言葉を話す猫に出会い、唐突に弟子にされたのだ。

そして、かれこれ六年一緒に行動している事になる。

五百年以上の時を生きる忍者なんか、もはや伝説の存在と言って差し支えない。

そんなマオが、何で俺を育てているのか全く解らない。

「……」

それに、最強の忍者の血を引く子供が、二人も俺の傍で同じ試験を受けているのも妙だ。

偶然にしては、近くに強い忍者が多すぎる。

「だから、影山家に白石雪という抜け忍を匿うという件も、特に問題にはならんだろ。半蔵門の上層部も、マオの意向は無視できんだろうし」

「そう、ですか」

こうなってくると、マオが白石雪という抜け忍を匿う理由も気になってきたな。

まあ、考えても解らないから、成り行きを見守るしかないけど。

忍ばないとヤバい!

shinobanaito YABAI!

第三章　獣忍

影山家に白石雪を居候させて初めての日曜日。

本来、学校が休みの日はマオに連れ出されて訓練させられるが、半蔵門の本部に向かったマオは未だに帰ってこないので、俺は惰眠をむさぼる事にした。

学校に通う為、朝早く起床する生活って普通に疲れるしな。

しかし、マオが戻ってくるのが思っていたより遅いな。

織部悟の言っていた、マオが半蔵門の創設メンバーだったという事が本当かどうか確認したいのに。

俺を弟子にした理由と、雪を居候させた理由も知りたい。

というか、同級生の女子と二人きりにしないでほしい。

凄く緊張するから。

自分でも何でこんなに緊張するのか解らないくらいだ。

家の中での雪は薄着だし、露出している手足を見ると視線が勝手に誘導されてしまう。

特に風呂上がり、髪をドライヤーで乾かしている最中、汗ばむうなじや脇が目に映った時、座っていたのに立ちくらみした。

とある学校の校則で、女子生徒のポニーテール禁止という、ワケの解(わか)らないものがあった。

理由はポニーテールの女子のうなじを見ると男子が欲情するからだそうだ。

それを聞いた時は何をバカなと思ったが、少なくとも俺はバカだったらしい。

マジで早くマオに帰ってきてほしい。

マオが帰ってきて解決するような問題じゃないけどさ。

「し～の～ぶ～く～ん！　あ～さ～だ～よ～！」

雪(ゆき)がノックもせずに俺の部屋に入ってきた。

コイツには緊張や遠慮という概念がないのか、と一瞬思ったが、そんな感覚の持ち主が家出して同級生の家に居候(いそうろう)したりしないか。

「ぐふ！」

雪が布団の上で仰向(あおむ)けになっている俺に、馬乗りになってきた。

「ねえ忍(しのぶ)君。寝起きに女の子に起こされると男の子は喜ぶって聞いたんだけど、どう？　嬉(うれ)しい？」

「……嬉しいというか、恥ずかしいかな」

精一杯の虚勢を込めて、俺は返事した。

同級生の女子に馬乗りになられて平静でいられるワケがない。

身体の触れる感触が、布団越しだったから誤魔化せただけだ。

「いつもご飯作ってくれてる御礼に、今日の朝食は私が用意しておくよ」

「え？　マジで？」

「マジだよ～」

寝起きに朝食の用意をしなくて良い。

同級生の女子が作った料理を食べられる。コレは普通に嬉しい。

というか、男子高校生が女子高生の手料理を食べる機会なんか滅多にないだろうし。

でもなあ、一応忍者としては毒殺を警戒しないといけないから、基本的に他人が作った料理は食わないんだよなあ。

まあ、良いか。

雪を相手に毒殺を警戒する程信用してないわけじゃないし、俺に毒物は効かないし。

「じゃあ、顔洗ってきなよ。私は朝食の用意しとくから」

言いながら、雪は俺の部屋から出ていく。

よくよく確認すれば、雪はタンクトップに短パンというラフな服装だった。

家の中だから俺もTシャツとジャージのズボンだけ、という似たり寄ったりのラフさだが、露出度高いな。

肩とか脇とか、太股とか脹脛が全部見えている。

思わず視線が誘導されるが、何とか逸(そ)らしておいた。


顔を洗い、歯を磨いた俺はリビングに入り、

「……」

そのまま身体(からだ)が硬直した。

リビングから、キッチンの様子を確認した時、俺は固まったのだ。


知らない女が料理している。


てっきり、雪(ゆき)が料理をしていると思っていたのだ。

実際、本人が朝食を用意すると言ってたんだから。

しかし、今台所で朝食を作っている女は、雪じゃなかった。

白髪を短く切りそろえ、和服姿で襷(たすき)がけしている。

俺はキッチンから、リビングの方に視線を移す。

雪がソファーの上で寛(くつろ)ぎながらテレビを見ていた。

「……？」

キッチンで、知らない女が料理している事にノーリアクションだ。

という事は、この和服女は帰ってきたマオの変化した姿とか？

何でこんな、見た事のない容姿と服装に変化したのか理解出来ないが、俺はキッチンに入って確認しようとして、

「ひっ！」

思わず悲鳴を上げた。

和服女の足が無い。

両足が無くて、少し浮いている。


幽霊じゃん！


今時、足が無くて浮いている幽霊とか初めて見た。

いや、幽霊自体初めて見たけどさ。

え？　何？　どういう事？

この世界って幽霊実在したの？

忍者がいるから幽霊もいるさ、なんて思おうとしたが、そんな風に考えられん。

忍者って人間だし。いや、幽霊もある意味人間だけど。

じゃあ、何か？

雪(ゆき)がノーリアクションなのは幽霊の姿が見えないから？

でも、包丁がまな板の上の食材を叩(たた)いているワケだから、幽霊の姿が見えないヤツからしたら、軽い心霊現象が起きている事にならないのか？

とにかく、マオが不在の今、この家の主(あるじ)は俺だ。

何とかしなければと、意を決した。

「あの……」

「今忙しいんで後にしてください」

普通に返事しとる！

幽霊と会話してしまった。

「あ、あの、アンタは幽霊ですか……？」

一応、相手の話を聞いて除霊を試みる。

「はあ？」

その時、和服女は料理の手を止め、俺の方に振り返った。

雪と若干雰囲気が似ている、かなりの美人だった。

「幽霊なんか実在するわけないでしょ。バカなんですか貴方(あなた)は」

「え？」

「死んだ人間が幽霊になるなら、この世界は幽霊だらけになるでしょう。少しは論理的に考えなさい」

　なんか、幽霊の存在を否定したぞ、この幽霊。

「いや、えっと、アンタは幽霊ですよね？」

「違うに決まってるでしょ」

「足が無いですよ？」

「必要無いだけです」

「浮いてますよ？」

「私は浮世離れした美貌の持ち主なので浮けるのです」

「そんな事で浮けるようにならねえよ！」

　普通に会話出来るので、徐々に恐怖がやわらいできたが、それと同時に小馬鹿にしてくる態度に腹が立ってきた。

「解らないでしょうけど、私は生前から周囲に『浮世離れしている』と言われていました」

「今生前って言ったじゃん！　自分から幽霊だって認めてるじゃん！」

　和服女は、俺をしばらく見つめると溜息を吐いた。

　そして料理の作業を再開しながら、

「もう高校生でしょ。マンガとかアニメばっかり見てないで少しは現実を見なさい。非科学的なモノを信じる年齢じゃないでしょ」

なんか、異様に腹が立つ事を言われた気がする。

何で非科学的な存在の権化みたいなヤツに、現実を見ろとか説教されなきゃいけないんだ。

「なあに、忍君」

俺が憤然としていると、雪が背後から肩を組んでくる。

「白雪とおしゃべりするの、楽しい？」

「は？　白雪？」

「そ。この子は私が忍法で呼んだ存在。知ってるでしょ？　獣遁の術」

獣遁。

羅生門に所属する獣忍が扱う忍法であり、代名詞でもある術。

世間一般には、獣遁と言えば忍犬を代表する、動物の使役だ。

あらかじめ訓練を施した動物を使役し、任務に活用する。

しかし、羅生門の獣忍は死んだ獣の霊魂を呼び出し、実体化させる事で使役する。

ゲームで言うなら召喚に近い。

マンガに出てくる忍者が巨大なカエルを呼び出し、上に乗ったりするアレだ。

獣遁とは読んで字の如く、獣を使役する筈。

こんな人型の獣遁は初めて見た。

「お前、こんな忍法使えたのか?」

「うん」

雪はあっけらかんと言っているが、多分普通の忍法じゃない。

おそらく、マオが雪を保護すると決めた理由の一つだ。


白雪は朝食を作り終えると姿を消してしまった。

「……」

なんか、凄い具だくさんの味噌汁と、ふっくら膨らんだだし巻き卵とかあるんですけど、
これは、要するにポルターガイスト現象によって作られたモノなのでは?

そう思い、箸が進まない俺をよそに、雪はむしゃむしゃと食べている。

コイツは一体どういう神経をしているんだ。

「ねえ、忍君。今日って何か予定あるの?」

「何でそんな事聞く?」

「予定無いなら遊びに行こうよ」

俺は、その言葉を聞いて絶句してしまった。

「……? どうしたの? 顔が怖いよ?」

ボッチ生活を送っている俺は、当然、友達と遊んだ事がない。

つまり、いきなり遊びに行こうと言われても、何をすれば良いのかわからないのだ。

同級生と遊びに行くって、俺は一体何をすれば良いの？

映画館？　水族館？　動物園？　いや、コレはデートですやん。

いや待て！

相手が異性だから、デートで良いのでは？

いやいやいや！

友達と遊んだ経験が皆無の俺に、デートする能力なんかありはしませんよ！

デートする能力って何だって話だが。

でもどうすれば良いのかわからないとは言いたくない……！

くそ！　こんな時にマオがいれば……いや、いてもバカにされるだけか。

「ねえ、何で苦悶の表情で苦しんでるの？　大丈夫？」

「い、いや、俺は……！」

その時、俺のスマホの着信音が鳴った。

画面を確認すると、相手は織部悟だった。

しかし、俺がスマホに触れた瞬間、着信が切れた。

「あれ？　ワン切り？」

「……」

コレは、任務の合図だ。

着信履歴で忍者である事が露呈させないように、任務関連の話は通話もメールも禁止だ。

だから基本的に忍者の任務は口頭で伝えられる。

今回の場合、俺は織部悟のいる喫茶店に向かい、任務内容を確認する事になる。

上層部からの命令も、織部悟を通じて伝えられるが、織部が具体的にどうやって命令を受けているのかは知らない。

多分、逆探知対策で面倒な事をしている筈だ。

「悪い。仕事が入った」

「なあに？　何でほっとしているの？」

「してない」

俺は立ち上がり、着替える為に私室に戻る。

強化アラミド繊維で作られた制服を着た俺は、玄関から出ようとするが、

「待って待って。私も連れてってって」

同じく制服姿になっている雪に止められた。

「駄目に決まってるだろ」

「何で？　仕事って超忍の仕事でしょ？」

「そうだよ。部外者が来て良いわけないだろ」

「でも、私って忍君と一緒にいないといけないんでしょ？　マオが言ってたじゃん。出来るだけ一緒にいろって」

そういえば、そうだった。

しかし、抜け忍とはいえ、羅生門の獣忍に、半蔵門の任務に関わられるのはどうなんだ。

でも俺が影山家を不在にする間、雪を一人で放置するのも不味いような気が。

一応、マオの言いつけでもあるから、織部を説得する事も出来るか。

「私だって忍法見せてあげたんだから、そろそろ忍君の忍法が見たいなあ」

「……解ったよ」

いくら考えても解らないので、俺はもう考えるのをやめた。

……俺は少し、マオに依存し過ぎているのかもしれないな。

＊

影山家を出て、織部のいる喫茶店についた時、偶然、茜と葵の二人と鉢合わせした。

二人も織部の連絡を受けたらしい。

「ああ？　何で白石雪を連れてきてんのよ？」

茜は俺を一瞥すると、不機嫌そうに話しかけてくる。

雪を影山家に居候させる事は、一応は納得したらしいが、雪本人には良い印象を抱いていないらしい。

常日頃、羅生門の構成員と戦ってばかりだからな。

「いや、一応見張っとかないといけないし、抜け忍を一人きりには……」

「私達、愛し合ってるんです」

説明という、言い訳のような事を始めた俺と腕を組み、雪が目茶苦茶な事を言い始めた。

「私は羅生門、忍君は半蔵門の忍者。二つの組織は敵対していても！　私達二人には関係無い！　だって愛し合っているから！　いつも一緒にいる事に理由なんか必要無い！」

雪の言葉を聞いて、俺は顎が外れそうになるくらいに口が開いていた。

茜は目元を痙攣させている。

しかし、葵だけは無表情に雪を観察していた。

「……思ってもいない事をベラベラと話せるとは。実に忍者らしい人ですね」

「ん？　君達の方は忍者らしくないよねえ？　茜ちゃん何考えてるか解りやすすぎるし、葵ちゃんの方は感情の殺し過ぎでお疲れみたいだし」

「茜ちゃん？」

「葵ちゃん？」

自分の名前をちゃん付けされた二人は戸惑っていた。

多分、同年代の女子にちゃん付けされた経験が無いからだ。

「まあ、仕事の邪魔する気はないから、私の事はいないと思って良いよ。場合によっては手伝ってあげる」

「大きなお世話よ」

雪の態度に毒気が抜けたのか、茜が喫茶店に入るので、俺達も続いて店に入る。

店内には客の姿は無かった。

俺達を呼びつけた織部は、白石雪が同行している事に気付くと、一瞬表情を険しくしたが、すぐに平静を取り戻し、

「いくつか、通告しておきたい話がある」

四人全員を一瞥し、任務内容を話し始める。

端的に言うと、俺達が通っている高校周辺に獣忍が獣遁で使役している犬や鴉が多数発見されたらしい。

「あ、それ多分私を探してるんじゃないかなあ」

織部の淹れたコーヒーを飲みながら、雪はあっけらかんと呟く。

「今回発見された獣遁の獣は、偵察用の鴉と、襲撃に向いたハウンドドッグだ。鴉だけなら放置しても問題無いが、犬の方は放置しておくわけにもいかんだろう。死傷者が出る」

「では、見つけ次第殲滅すれば良いでしょうか？」

「それはそれで問題だがな。偵察に放った獣が戻ってこなくなった場合、使役している獣忍に対して、偵察先に何かある、と教える事になる」

葵(あおい)の言葉に考え込む素振りを見せた織部を見て、茜が笑みを浮かべる。

「私達が獣遁の獣を殲滅すれば、弱腰のヤツはビビって逃げ出すし、自信過剰のバカはホイホイやってくるんじゃない？　どっちにしろ好都合よ」

「解(わか)った。解ったからモーゼルをしまえ」

何処(どこ)からともなくモーゼルを取り出した茜を、織部は手で制した。

「では、お前らは獣遁で呼び出された獣を発見次第、殲滅しろ。その際、一般人に目撃されない事と、目撃者の記憶を消す事を忘れるな。それからもう一つ、早急に解決しなければならない件がある」

織部は喫茶店のテーブルの上に、市内の地図を広げる。

「お前らの通っているのとは別の高校の学生なんだが、下校中に三名が大怪我(おおけが)をした」

同時に、地図上にある学校と、登下校に使用する道を指でさした。

「この三人は、下校中、突然大量出血して倒れた。周囲の目撃者がすぐに救急車を呼んで大事に至らなかったが、問題は負傷の原因だ」

「獣遁で呼ばれた獣に襲われたって事でしょ？」

「そうだ。突然野良(のら)犬に襲われた、と目撃証言があった」

獣忍が獣遁で使役する動物は、見た目が普通の犬や鳥にしか見えない。

にも拘わらず、普通の犬や鳥より強いからたちが悪い。

使役する獣忍の力量によって、強さも大きさも数もまちまちだが。

俺達超忍の仕事の大部分は、人を襲う可能性のある獣の駆除だ。

「一般人を不意打ちで殺せない獣忍なんか、雑魚も良いとこね？　犬って言っても、野生のクマよりは強い筈でしょ？」

「おそらく、獣遁の使い手は素人だ」

「素人？」

その時、織部と茜の会話に雪が割って入った。

「素人ってどういう事？　素人が獣遁使えるわけないじゃん」

雪が首を傾げていると、茜が憤然とする。

「羅生門は一般人に獣遁が使えるようになる巻物を売ってんのよ。裏ルートでね」

「巻物？　何それ？」

雪に聞かれたので、とりあえず俺が答える事にした。

「獣忍は自分の力で霊魂を呼び出して使役するだろ？　巻物ってのは、呼び出した霊魂を特殊な墨で書いた印で封印したものだ。その巻物を開いたり閉じたりすれば、一般人でも獣遁を扱えるようになる」

「ポケモンのモンスターボールみたいな感じ？」

「……まあ、間違ってはいない……。羅生門はその巻物を一般人に売って資金源にしてる」

「ええ……ペットショップじゃあるまいし」

「他人事(ひとごと)みたいな言い方してんじゃないわよ。アンタ等(ら)羅生門が売ってる巻物で、どんだけ死傷者が出てるか……」

「ん？　でも実際に獣遁で犯罪してるのは巻物を買った人でしょ？」

「責任逃れを……！」

「茜やめろ。今は関係の無い話だ」

　織部は更に別の書類を取り出す。

「負傷した三名にはある共通点があった。全員、同じクラスの男子生徒を虐(いじ)めていたらしい」

「うわ……解(わか)りやす。その虐められた生徒が巻物使って復讐(ふくしゅう)したって話？」

「おそらくな。事件現場にあった監視カメラの映像にも、その男子生徒は映っていた。そいつの自宅は既に特定してあるから、住所を確認次第すぐに向かえ。任務内容は犯人が所持している巻物の破壊と、本人の記憶を消す事だ」

　織部の言葉に、俺と茜、葵(あおい)の三人は頷(うなず)いた。

＊

端的に言えば、つまらない任務だった。

いや、面白い任務なんか無いだろうけど、特につまらない任務だった。

現場までは茜（あかね）の無免許運転で向かい、警察に止められるかどうかヒヤヒヤしたし、現場についてみれば、自宅に容疑者の両親はいたが、本人は不在だった。

俺は暗示の術で両親を催眠状態にして、自宅に押し入る事にした。

その時、勝手についてきていた雪（ゆき）が、不機嫌に怒る茜を無視して我先にと侵入し、催眠状態になった容疑者の両親が持っていたスマホを奪い、何やら弄（いじ）り始める。

日曜日なので学校が休みな以上、容疑者が何処（どこ）にいるのか三人で考え込む。

三人寄れば文殊（もんじゅ）の知恵というが、俺達（たち）三人の場合、それは無い。

基本的に頭脳労働の全てを織部（おりべ）に任せ、教えられた現場に突撃する以外に能が無い。

だから容疑者が不在だった場合、何も出来なくなる。

「あ、ラッキー。この親、子供のスマホに位置情報を伝えるナビアプリを入れさせてる。家族間でいつでも居場所が判（わか）るようにしてるみたい」

しかし、雪は暗示の術を悪用して、ホテルやネットカフェの料金を踏み倒していたヤツだ。

催眠状態の相手から情報を奪う事には長(た)けていた。

「パソコンとスマホの履歴見れば大概のことはバレちゃうんだよ。爆弾魔は爆弾の作り方調べるし、毒殺犯は毒物のこと調べるし、ストーカーは相手のこと調べるの。でも履歴は簡単には消せないしね。ちょっとは忍者を見習わないとねえ」

「は？　何の話だ？」

「織部さんだよ。忍(しのぶ)君達に資料を見せた後、その資料を全部燃やしてたでしょ？　自分達の仕事の形跡を全部消すんだよ。感心しちゃったね」

結局、雪の意見を採用した、というより、何も思いつかなかった俺達は雪が容疑者の両親からパクったスマホのナビアプリを利用し、とある高層マンションの駐車場でウロウロしていた容疑者を見事に発見した。

多分、この高層マンションの住人の中に、負傷した同級生以外の標的がいるんだろう。

「ちょっと、そこにいるヤツ。持ち物全部出しなさい」

客観的に見て、カツアゲにしか見えない雰囲気で茜が恫喝(どうかつ)すると、容疑者は目を丸くしたが、茜が手に持つモーゼルを見て、顔色を変えた。

茜の傍らには、柄(つか)が長い日本刀を持っている葵(あおい)もいた為(ため)、モデルガンとも思えなかったらしい。

「アンタが巻物持ってんのは解(わか)ってんのよ。さっさと出しなさい」

その一言で、マンション前の駐車場で戦闘が始まった。

容疑者が大量の巻物を使用し、猟犬タイプの獣遁(じゅうとん)を十数匹呼び出したが、

「魔弾」

茜(あかね)がモーゼルから魔弾を一発撃っただけで、猟犬は全滅した。

魔弾は相手に命中するまで止まらない弾丸。

要するに、自動追尾する能力がある弾丸だが、対象に命中しても勢いを殺さずに飛び続け、別の対象を狙う。

一発の魔弾だけで次々と猟犬を撃ち抜き、異様な軌道で飛んで全滅させたわけだ。

容疑者が茫然(ぼうぜん)としていると、葵(あおい)が刀の峰で容疑者を殴って昏倒(こんとう)させ、持っていた巻物を全て没収した。

俺はというと、三人の中では比較的暗示が得意だったので、容疑者の巻物に関する記憶を消して放逐する以外にやる事は無かった。

「……はあ」

俺がつまらないと思ったのは、出番が無かったからじゃない。

イジメを受けた容疑者が復讐(ふくしゅう)を企て、それに失敗して記憶を失う、というオチがつまらなかっただけだ。

問題はその後。

高層マンションの近くにあった公園で、没収した巻物を燃やしていると、

「あ〜あ。つまんないの〜」

公園のブランコで遊び始めた雪がくだらない事を言い始めたのだ。

「折角、忍君の忍法見たくてついてきたのになあ」

「無駄よ。そいつ私らの前でも忍法見せないし」

「いつも基本的に体術と暗示しか使用しませんね」

何故か、茜と葵も雪の発言に同調したのだ。

いや、別に俺は間違った事はしてないだろ？

だって忍者は自分の忍法を出来る限り隠すし。

茜と葵みたいにポンポン使うもんじゃないだろ。

「なるほどねえ。忍君はそういう時期なんだ。じゃあ温かい目で見守るしかないね」

「そういう時期って何よ？」

雪の隣でブランコを漕いでいた茜は首を傾げる。

「男の子はね、実力を隠してるヤツがカッコいいと思う時期があるんだよ」

「何で実力を隠すのがカッコいいのよ？」

「さあ。全然解らないけど、普段実力を隠して、ある時本気を出して周りに『すご〜

い！』『抱いて〜！』って女の子に言われる生活に憧れるんだよ」

「何それ？　最初から本気出してればすぐに褒められるのに、何のために隠すのよ？」

「知〜らない。アスリートでもクリエーターでもサラリーマンでも全力出さないと首になるし、実力あるのに凡人のフリしてる人なんか、実在しないよん」

なんか俺が中二病の一種だと思われてるんだが。

おかしいだろ。

何で忍者が自分の忍法を隠してるだけで頭がおかしい扱い受けるんだ。

「忍」

その時、俺と一緒に巻物を燃やしていた葵が、話しかけてきた。

俺のフォローをしてくれるのかな、と一瞬期待したが、

「女の子にモテたいなら常に全力出さないと話にならないと思います」

目茶苦茶的外れなアドバイスをされた。

「いや、別にモテたくないし……」

「モテたくないんですか？」

「……全くモテたくないと言えば嘘になるけど、別にそこまで人に好かれたいわけじゃ」

俺は思わず目を逸らす。

忍者になる為の訓練に耐えてきた動機がモテる為だとはいえまい。

しかし、何故か葵は俺に異常接近してくる。

お互いの胸板が当たり、顔まで近付けてくる。

理由が解らないが、雪や茜に聞こえないように小声で囁く為らしい。

「自分から何もせずに、相手の方から勝手に好きになってくれる事なんかあり得ませんよ。どんな女の子も、異性に好意を抱くのには理由があります。特に何の理由もなく、ある日突然異性からモテモテになるなんて天地がひっくりかえってもあり得ません」

「そ、そうか」

しかしコイツ、本当に可愛い顔してるな。

学校の女子生徒に王子様呼びされるのも解る。

「一応言っておきますが、『優しい』とか、『強い』なんて、モテる事に関しては意味ありませんからね。ちっとも優しくないホストがモテますから」

「はあ？　ホストは女の子に優しく接するのが仕事だろ？」

「何をバカな事を……彼らは客の女の子にどれだけ散財させるかを競っているんですよ？　そんな連中に優ししや強さがあると思いますか？」

「あ、うん……」

「つまり、モテる為の最低条件は相手に好かれるように、意図的に努力する事です。労せずして異性からの好意を得る方法なんか無いと思った方がいいかと」

「解った。解ったからもう何も言うな」

顔が近すぎるんだよ。

前々から思っていたが、葵の発言には俺の胸がチクチクと痛む何かが含まれているな。

何でコイツは同性なのにあんまり親近感が湧かないんだろ。

「そう言えば、アンタはどんな獣遁が使えんのよ？」

「うふふ。知りたい？　ちょっと勝負してみる？」

「上等よ。やってやろうじゃない」

なんか、俺と葵が話し合っている間に物騒な事を言い始めているぞ？

ブランコで遊んでいた雪と茜が、公園の中央に向かって歩き始める。

「お、おい！　やめろ！」

俺が慌てて止めようとするが、

「大丈夫だよ。本気でやる気ないし」

雪はニヤニヤと挑発的に笑うだけだ。

「折角だから、葵ちゃんも来てよ」

「はあ？　二対一でやるっての？」

「まあねえ。別に三対一でも良いけど」

コイツ、この期に及んでまだ俺の忍法を見たがっているらしい。

まあ、俺はそれに付き合う気は無いが。

「じゃあ、怪我（けが）させたりするのは無しって事で」

「良いわよ」

茜がモーゼルを取り出し、構えた所を確認した雪は、両手で印を結ぶ。

「忍法……白雪（しらゆき）の術」

雪と茜の間に位置する場所で、それは唐突に現れた。

「は？」

俺は、間の抜けた声を上げる。

今朝（けさ）、俺と雪が食べる朝食を作った、着物女じゃない。

白雪は別の姿に変貌していたのだ。

「ふっふっふ。忍（しのぶ）君。私の獣遁が家事万能のメイドさんだとでも思っていたのかな？　白雪には二度の変身が残っているんだよ？」

そう。確かに白雪は変身していた。

着物姿の女ではない。

丸みを帯びた頭部と胴体。

全身が真っ白。

どう見ても雪だるまだった。

対峙していた茜が戸惑う程、毒気の無い、可愛らしいゆるキャラのような姿だった。

しかし、意を決した茜はモーゼルから銃弾を放つ。

元から雪を攻撃する意図は全く無いようなので、雪だるまに向けて発砲した。

「え？」

しかし、銃弾は雪だるまに到達する事無く停止した。

身体に命中して止まるのではなく、途中で停止したのだ。

茜はモーゼルをフルオートに切り替え、銃弾を連射するが、無数の銃弾は悉く停止した。

「白雪の能力は絶対零度。超低温の世界は全てが止まる。気体は液体に液体は固体になる。白雪との距離が近ければ近い程温度は低くなるから、全ての運動エネルギーは白雪に到達する前に停止するよ」

雪はベラベラと手の内を晒している。

自分の忍法が露呈する事をまるで考慮していない。

「く……魔弾！」

茜はモーゼルから魔弾を発射する。

しかし、対象に命中するまで止まらない筈の魔弾が轟音を上げながら停止してしまう。

「はあ？　魔弾まで止まるの？」

茜が絶句していると、雪だるまは腕を巨大化させ、茜の身体を鷲掴みにする。

「うひゃあ！　冷たい！　冷たいってば！」

雪だるまの腕に掴まれた茜は悲鳴を上げている。

「うっふっふ！　捕まったクノイチの悲鳴は良いモノですなあ」

「あ、葵！　助けなさい！」

「はい……！」

瞬間、俺の傍らにいた葵が参戦した。

姉の魔弾が防がれ、思わず加勢したくなったらしい。

葵の妖刀は、何でも切れる。

雪だるまの腕を切断し、姉を助けようとしたが、

「あ……」

接近している最中、葵の身体が凍り始め、動きが鈍る。

そして茜とは逆の腕で身体を鷲掴みにされる。

「姉さん。捕まりました」

「何やってんのよ！」

二人は雪に全身を包まれるような状態になり、身動きが取れなくなるが、雪が掌をパン

と叩いた瞬間、雪だるまは跡形もなく消えてしまった。

拘束していた腕が消えたので、茜と葵はその場で尻もちをつく。

「ま、負けた……二対一で、普通に負けた……！」

白雪の圧倒的な力に、茜が衝撃を受けているが、

「何言ってんの？　二人共手加減してくれたじゃん」

雪は茜と葵の前にしゃがみこみながらニヤニヤしている。

「獣忍と戦うときって、獣じゃなくて本人を狙うのがセオリーでしょ？　茜ちゃんが魔弾で私を狙ったり、葵ちゃんが妖刀で私に切りかかってたら、私は死んでたよ」

「「……」」

雪の言葉を聞いて、茜も葵も無言になった。

「怪我させるの無しって段階で、大分私が有利だったしね」

「……多分、殺す気でやっても負けてたわ」

「お見事です。素晴らしい獣遁でした」

なんか、戦いを終えて相手の実力を認めあって友情に目覚めている。

こういう場面に参加出来ない段階で、俺はやっぱりコミュ障なんだろうか、なんて思ったが、とりあえず雪は茜と葵とも良好な関係を築けそうだった。

はっきり言って、すぐに他人と打ち解ける雪の性格が羨ましくなった。

「お前さあ、あんまり無茶しないでくれよ？　腕試しとかで怪我したら大変だし」

一応、俺は雪に注意しておくが、

「うん。ちょっと私にも事情があってね。一回白雪で茜ちゃんと葵ちゃんの身体に触れておきたかったんだ」

雪は、何か意味深な事を言いだした。

「どういう事だ？　何で白雪で二人に触れる必要がある？」

「すぐに解るよ。すぐにね」

第四章　バニンジャ

雪が転校して一週間が経過した。

どうにも、調子がおかしくなっているような気がする。

最近の俺は、我ながら間抜けだ。

体育の時間、体育館で男女分かれてバドミントンをしていた時、

「し～の～ぶ～く～ん！　羽とって～！」

女子生徒が授業中、誤ってシャトルを高く飛ばし、体育館のバスケットゴールに引っ掛かってしまったらしく、俺にとれと雪は頼んできた。

俺は何も考えずにバスケットゴールに引っ掛かっていたシャトルを、ジャンプしてとっただけだが、その瞬間、クラスの連中全員がざわついた。

しまった！　垂直跳びで軽々とバスケットゴールに届くのは普通じゃなかった！

いや、バスケットボールの選手なら簡単だけど、ごく普通の高校生にそんな跳躍力はないしな。

それに、雪は茜と葵と一緒に行動する事が増えた。

美男美女の双子である茜と葵は、それぞれ校内の男子と女子に人気があった為、一緒に行動する三人は非常に目立った。

それはもう、本人達の勝手だから俺は放置しておいたが、問題は俺も一緒に行動していた事だ。

何を思ったのか、三人は廃部になった茶道部を復活させようと言いだしたのだ。

「折角学校に通ってるし、部活とか参加したいなあ」

「じゃあ、私達以外部員がいない部活を作りましょう」

「なら、茶道部とかどうでしょう？　廃部になって、学校の離れにある茶室が使われずに放置されているそうです」

「良いね！　その茶室を私達の秘密基地的な場所にしよう」

茶道部の茶室は、不良の溜まり場になっていた。

煙草の吸殻が落ちていたり、落書きが書かれたりして荒れまくっていた。

そこで俺達は不良達に交渉する事にした。

端的に言えば、今日から茶道部を復活させるので、茶室を明け渡せということだ。

「今日からこの茶室、私達で使うからどっか行って？」

「さもないとコイツがアンタ等を殺すわよ」

という、雪と茜の余計な発言で、茶室の周りでたむろしていた十人くらいの不良が殺気立ってしまった。

鉄パイプや金属バット、ナイフ等の洒落にならない得物をとりだした上に、不良特有の自我の強さが原因で暗示の効きが悪いだろうと判断した俺は、

「消えろ……」

少しだけ、強めに暗示をかけた。

瞬間、その場にいた不良全員が蜘蛛の子を散らすように逃げ惑ってしまった。

なんか、普通の一般生徒より逆に自我が弱い連中だったせいで、暗示が強めにかかった。

煙草の吸殻を全部集め、落書きを洗剤で洗い流している最中、三人は呑気に茶室でお茶を飲んでいるし、顧問になってくれた担任の女教師は「まあ、綺麗になったわあ。やっぱり影山君は良い子ねえ」とか呑気な事を言うし。

それからさらに一週間が経過した頃、校内で俺が不良連中をボコボコにして茶室を占拠し、そこで校内の三大有名人に手を出しているという噂を聞いた時、俺はマジで泣いた。

百歩譲って、雪と茜に手を出している噂なら良い。

男子生徒の葵にまで手を出している噂が流れた所為で、俺が男女問わずに手を出すトンデモ野郎だと思われ、余計に男子から怖がられるようになってしまった。

以前から、男子生徒は誰も目を合わせないとは思っていたが、今現在は廊下ですれ違う

だけで逃げられるようになった。

＊

放課後。

俺と雪は、茜と葵を連れ、四人で下校していた。

目的地は俺の家、影山家だった。

雪が茜と葵を誘って遊ぼうとしたからだが、

「え？　茜ちゃんも葵ちゃんも忍君の家に行った事無いの？」

「はい。忍が僕達を呼ぶ事はありませんので」

「コイツって仕事以外じゃ私達と関わらないのよ。冷たいヤツでしょ？」

なんて話しながら歩いている。

冷たいも何も、お前らだって俺を自宅に招いた事無いだろ。

しかし、何気に他人を自宅に招くのは初めてなんだが、一体何をすれば良いんだろ？

ゲーム機とかは人並み以上に集めているし、対戦ゲームとかはマオと二人で目茶苦茶やったが、アレを四人でやるのが無難かな。

お茶とお菓子くらいは出した方が良いだろうし、場合によっては夕食を一緒に食べ……

「忍君……忍君ってば」

「んあ？」

考え込みながら歩いていた俺は、背後から雪に肩を掴まれた。

「もうついたよ。何で通り過ぎようとしてんの？」

雪の言う通り、ボンヤリしていた俺は影山家を通り過ぎようとしていたようだ。

ヤバい。なんか緊張してきたぜ。

人を家に招いてもてなす経験が皆無だからな。

誰でも初めての事には戸惑うものだ。

とりあえず、俺が玄関の扉を開け、四人で影山家に入る。

玄関からリビングに入ると、

「ちょっと待っててね」

と雪は言い残し、自室に入っていった。

俺はリビングに茜と葵を案内すると、とりあえず麦茶と菓子を出してやる。

椅子に座った二人は、何故か周りをキョロキョロと見回している。

「マオ様はいないんですか？」

「ああ、しばらく留守にしてるんだよ。半蔵門に雪の事を話してくるって言ってた」

「なんだあ。マオ様と話してみたかったなあ」

茜(あかね)も葵(あおい)も、マオに興味津津だったらしい。

俺は二人と向かい合うような形で座る。

「……なあ、ちょっと聞きたい事があるんだけど」

「何よ？」

「お前らって何でそんなにマオの事尊敬してるの？」

「何でって、マオ様は半蔵門(はんぞうもん)で一番偉い忍者よ？」

「マオ様の指導を受けるのは、超忍(ちょうにん)にとっては最高の誉(ほま)れです」

茜の説明を補足するように、葵は真剣な表情で語り始めた。

「マオ様は半蔵門の育成機関にいる子供の中で、見込みがあると判断した者を連れて行きます。大抵(たいてい)は廃人になって戻りますが、マオ様の修行を耐えきり、無事に帰ってきた者は皆(みんな)が半蔵門の上層部に上り詰めます」

「私らのオヤジもマオ様に一年間鍛えられて強くなったのよ？　今では序列が一位になったわ」

「……自分の父親の師匠なら、尊敬もするか……」

「ていうか、序列八位までの忍者って、殆(ほとん)ど全員マオ様の教え子だって」

「つまり、マオ様の指導を受けた者は将来有望という事ですよ」

「ええ……」

俺は、マオと過ごした六年間の記憶を思い浮かべた。

＊

連日連夜。

武器使用可、対戦場所自由という、もはや単なる殺し合いと同じような条件で組み手を繰り返す生活が一年続いた頃、

「もはやお主に教える事は何もないのう」

「そうですか」

「『まだ学びたい事が沢山あります』と言え！」

「……まだ学びたい事が沢山あります……」

「そうか。それでは仕方ないのう」

なんて会話をしてから、三年以上一緒に過ごし、

「単純な戦闘力なら、お主は儂を凌駕したかもしれんな」

「そうですか」

「『自分はまだまだ修行が足りません』と言え！」

「……自分はまだまだ修行が足りません」

「そうか。それでは仕方ないのう」

それから結局一年以上一緒に過ごし、

「いよいよお主も最終試験の時が来た」

「一般の高校に入学して、卒業まで正体を隠し通すって試験ですね？」

「うむ。巣立ちの時が来たようじゃ。これからは一人で行動を……」

「そうですか」

「『これまでのご恩は一生忘れません』と言え！」

「これまでのご恩は一生忘れません」

「喝！　全くいつまでも師匠離れ出来ん弟子じゃな！　仕方ないからもう少し見守ってやろう！」

という事で、今に至る。

＊

「やっぱりマオって俺に対して期待とかあんまりして無いような気がする。むしろ目を離せないって感じだから、不肖の弟子って思ってるんじゃないかな？」

俺は自分とマオの歴史を掻い摘んで説明したが、何故か茜も葵も半眼になっていた。

「いや、アンタそれは……」

「弟子離れ出来なくなってるマオ様なんか聞いた事ありませんよ……」

二人が何か、俺に対して呆れているような表情を浮かべていると。

「お待たせ～」

自分の部屋に戻っていた雪がリビングに入ってきた。

俺はてっきり、制服から私服に着替えているのかと思ったが、雪は制服姿のままだ。

しかし、大きな紙袋を抱えている。

「茜ちゃん。私と一緒にコスプレしようよ」

「はあ？」

雪の言葉に茜が困惑している。

葵は俺に顔を近付け、

「忍、コスプレって確か……」

「マンガとかゲームのキャラの服を着るヤツだろ？　知らんけど」

「そうそう。好きなキャラの衣装を買ったり自作して着る、コスチュームプレイ」

雪は何故かドヤ顔で語る。

「最初に茜ちゃんのスタイル見た時から目を付けてたんだよね。その胸は衣装が映えるよマジで。どんなクオリティの高い衣装作っても、当の本人が着こなせないと意味無いしね」

俺は雪が持っている紙袋を一瞥し、

「衣装はどうしたんだ？　前に私物買う為に渡した金で買ったのか？」

「買ったのは材料。白雪が毎晩夜なべして作ったの」

「何やらせてんのお前？」

俺が寝ている間、毎晩白雪がコスプレ衣装を自作している姿を思い浮かべると、何か同情したくなる。

「ええ……私マンガとかゲームに詳しく無いし、あんまり奇抜な格好したく無いんだけど」

「そんな事言わないでよ～。変な衣装じゃないしさあ」

「でも、サイズが合うかどうか判らないじゃないの」

「それは大丈夫。茜ちゃんのスリーサイズに合わせて作ってあるから」

「何で私のスリーサイズ把握してんの!?」

「前に白雪が茜ちゃんと葵ちゃんを捕まえたでしょ？　あの時二人の体形を完璧に計測してたんだよ。その白雪が自作した衣装だから、安心して良いよ」

「安心できないわよ！　むしろ怖いわ！」

以前、雪が白雪をけしかけ、二人の身体を雪で覆い尽くした事があった。

その時雪は「すぐに解るよ。すぐにね」と意味深な事を言っていたが、こんな事の為に二人を拘束していたのか。

拍子抜けするような伏線回収を見てしまった。

「安心して良いってば。94・62・86でしょ？」

「言わなくて良い！　ていうか私は自分のスリーサイズなんか把握してないし！」

なんかトンデモ無い数値が聞こえたような気がするが、俺は聞かなかった事にした。

「とにかく、私は恥ずかしい服装はパスよ」

「忍者がコスプレ嫌がったら駄目だよ」

「はあ？　忍者とコスプレに何の関係があるのよ？」

「昔から忍者はいろんな衣装を着て潜入したりするでしょ？　戦国時代とか江戸時代なら地味な着物でOKだったろうけど、現代では場所に応じていろんな格好をしないといけないし、常日頃からコスプレに親しんでおく事は大切だよ」

もっともらしい事を雪はペラペラと話している。

「パルクール、ピッキング、マインドコントロール、コスチュームプレイは忍者の必修技能だよ！」

「ま、まあ、間違ってはいないわね……」

戦闘技能とか乗りモノの運転技術とか、色々他に必要なモノがある気がするが。

「姉さん。とりあえず衣装を見てから考えればどうです？」

「そうね……露出度が高くないなら……」

茜は雪が持っている紙袋を受け取り、恐る恐る中身を出す。

たとえ露出度が高くなくても、魔法少女のフリフリ衣装を興味も無いのに着るのは相当ハードルは高いだろうけど。

俺には関係が無いから他人事のように眺めていたが、茜は紙袋から出した衣装を見て固まっている。

レオタード。ウサ耳ヘアバンド。網タイツ。

「なにコレ?」

「バニーガール」

「何でバニーガールなのよ! 何かのキャラクターの格好するんじゃないの!?」

「誰もそんな事言ってないよ? 最初から私が茜ちゃんに着せたいのはバニーガールの衣装だもん」

「絶対に着ないわよ! 露出度以前の問題よ!」

「何で? マンガとかアニメのキャラだって本編で一切着てないのに、バニーガール姿でフィギュア化されるでしょ? 皆が喜ぶからだよ」

「皆って誰よ! 私は誰を喜ばせる羽目になってるの!」

茜は雪から後ずさり、ドン引きしている。

この分では着そうにないな、と思っていると、何故か葵はバニーガール衣装をガン見している。

そして、茜の手からバニーガールの衣装を取り、マジマジと眺め始めた。

「なあに？　葵ちゃん興味あるの？」

「はあ？　そんなワケないで……」

「コレ相当可愛いですね。姉さん似合うと思いますよ」

「アンタまで何言いだすのよ!?」

「生地も良い……胸と尻と太股が強調される。凄く良い衣装です。姉さん着てみてください」

実の姉にバニーガールの衣装を着る事を提案するとは。

葵もヤバい野郎だったようだ。

「ふっふっふ。葵ちゃんも興味津津みたいだねえ？　ひょっとして着てみたいのかな？」

「着てみたくないと言えば嘘になりますが、僕の身体では似合いません」

似合うとか似合わないとかいう問題じゃねえだろ。

いくら美形でも野郎のバニーガール姿なんか業が深すぎるわ。

「解ってないなあ、葵ちゃん。確かに茜ちゃんみたいな巨乳のバニーガールに勝るモノは無いよ。でも控えめな胸のバニーガールにも需要はあるんだよ？　貧乳のバニーガールは別の意味で胸がこぼれそうになる上に背徳感があるからね」

　だから巨乳とか貧乳って問題じゃないんだよ。

　男が着る事が問題なんだよ。

「しかし、姉さん用の衣装では僕とサイズが……」

「何を言っているんだよ。葵ちゃんのスリーサイズも把握している事を忘れたのかな？　ちゃんと葵ちゃん用のバニーも用意してるよん」

「本当ですか？」

　葵が何故か嬉しそうに返事している。

　雪の差し出したバニーガール衣装をルンルンで受け取っているし。

　やべえぞコイツら。

　マジで頭おかしいんじゃないのか。

「さ、茜ちゃん。葵ちゃんと二人でバニーガールになって？」

「姉さん。一緒に着ましょう」

「嫌よ！　アンタ等頭おかしいんじゃないの!?」

　俺と似たような思考に陥っている茜に、若干の同情を覚える。

　しかし、既に俺が会話に参加出来る空気では無いので黙っておいた。

「大丈夫。私も一緒に着るから。皆で着れば恥ずかしくないよ」

「嫌だって言ってるでしょ！　どうしても私に着せたいなら忍にも着せなさいよ！」

「何でそうなる！」

今日一日で最大の声量で俺は叫んだ。

別に自分の意志で着たいと思っている葵を邪魔する気はない。

着たいなら着れば良いだろう。男だろうが女だろうが。

しかし、俺は着たくない。

まあ、雪は自分と茜、葵の三人分の衣装しか用意していないだろうし、三人用の衣装を俺が着れば伸びる。

だから大丈夫だろう。

「仕方ないなあ。念の為に用意しておいた男用のバニーガール衣装を出してくるよ」

「何でそんな物を用意していたんだ！」

というか、男用のバニーガール衣装って何だ？

男用ならバニーボーイじゃないのか？

バニーボーイって何だ、って話になるが。

「いや、有り得ないとは思ってたけどさあ、忍君が一緒に着たいって言いだした時に、忍君の分だけ用意してないと可哀そうかなって」

「余計な配慮！」

どうせならカッコいい衣装を着たかった。

マンガとゲームの男性キャラの服装に興味が無い事もないからな。

特に主人公は剣士キャラが多いから、是非本物の日本刀をセットにしてコスプレしたかった。

黒いロングコート着て刀を背負いたいと思った事は、男なら一度はあるだろう。

着てくれと言われれば、俺だってノリノリで着たさ。バニーでなければな。

「お、お、俺は絶対に着ないぞ！　何で俺が着ないといけないんだ！」

「茜ちゃんが恥ずかしがるから」

「俺が着る事で恥ずかしさが軽減されるってか！　どういう理屈だ！」

俺は思わず茜を睨むが、

「アンタがさっきから他人事みたいな態度なのが腹立つのよ！　私が困ってるんだから助けなさいよ！」

「いやいやいや！　バニーガールの服を着るか着ないかは俺にとっては他人事だろ！」

「今まで散々苦楽を共にしたでしょうが！　一蓮托生でしょ！」

「……え？」

「身に覚えが無いみたいな顔しないで！」

いや、茜が何を言っているのかマジで解らん。

高校に入学して一年以上一緒にいたが、別に苦楽を共にした記憶が無いぞ？

校内では殆ど会話してないし、忍者の任務を一緒にこなした回数も少ない。

精々十数回、一緒に獣遁で呼ばれた霊魂を倒したり、半グレや闇バイトに参加しているバカを何十人か捕まえただけなんだけど。

マオとは千回くらい一緒に戦ったから解らんでもないけど。

「忍君。コレ」

いつの間にか、雪が俺の肩に手をのせ、バニーガール衣装を一式渡してくる。

「忍君の部屋で着替えてきなよ。私達はここで着替えるから」

「はあ？」

雪と茜が着替えている間、俺が別の部屋に行くのは解らんでもないが、何で葵は残って良いんだ？

中性的だから忘れそうになるが、葵はれっきとした男だぞ。

雪は葵を、自分の着替えを見られても良い程信頼しているんだろうか。

「茜ちゃん。忍君が着るなら、茜ちゃんも着てくれるんだよね？」

「良いわよ。そいつがそこまでするなら私も着るわ」

だからどういう理屈なんだよ。

赤信号、皆で渡れば怖くない、みたいな理屈か？

もう、何を言っても無駄みたいな空気だったので、俺は諦めてリビングから自分の部屋に入った。

しかし、諦めたのは雪の説得にであって、バニーガールの格好をする気は全く無い。

別に着たいと思うヤツがいるなら勝手に着れば良いさ。

俺は男の女装や女の男装を否定するつもりは全く無い。

人間は自分が好きな格好をしても良いし、それを咎める理由は何も無い。

が、着たくない服を着る理由も無いのだ。

リビングから二階に上がり、自室に入った俺は窓を開ける。

ここから脱出して雲隠れだ。

「駄目ですよ」

「ぎゃあああああ！」

窓の外から白雪が入ってきたので俺は悲鳴を上げる。

「やっぱり逃げるつもりでしたか。往生際が悪いですね」

「な、何しに来たんだよ？」

「貴方が逃げないように監視しに来たんですよ。観念してそのコスチュームを着なさい」

「……アンタも大概暇なんだな？」

思わず、俺は窓から自室に入ってきた白雪を睨み、悪態をついてしまう。

白雪は着物姿で襷がけをしたいつもの格好だが、相変わらず足が無く、少し浮遊している姿は幽霊そのものだ。

慣れてはきたが、普通に心霊現象みたいで怖い。

「この衣装、マジでアンタが作ったのかい？」

「それが何か？」

「……アンタ程の霊魂がね……」

俺は、ベッドに腰かけながら、目の前で浮遊している白雪を見つめる。

「マオに少しだけ聞いた事ある。獣忍が獣遁で呼び出して使役する霊魂ってのは、殆ど死んだ動物の魂だけど、ごく稀に、人外の霊魂、精霊に近いヤツがいるって」

「私が、その精霊だと？」

「地震、火山噴火、津波、台風、落雷、それから雪崩。自然災害に対する人間の恐怖がそのまま擬人化され、意志を持った精霊ってのがいて、そいつは最強の獣遁なんだ。大昔、八岐大蛇ってヤツが呼び出されて、スサノオが倒した話はそれが元なんだと」

「どうやら重度の中二病を発症しておられるようで。同情を禁じ得ません」

「俺だってこんなのは与太話だと思ってたよ。でもアンタを見て確信した」

「何を確信したのですか？」

俺の指摘を無視し、白雪は口角を吊り上げている。

「アンタはかなり高位の霊魂だろ？　それがこんなふざけた事で使役されてプライドが傷つかない？」

「子供には解らないのでしょうね。誰かに必要とされるなら、それがどんな幼稚な事でも嬉しいモノなのですよ」

白雪は真顔で俺を見つめ始めた。

「誰かに頼りにされ、当てにされ、必要とされる事は誇らしく、この上無く幸福な事です。殆どの人間はそれを億劫に感じるようですが、誰からも頼りにされない事は、誰からも必要とされない事に等しい。それは寂しい事ではありませんか？」

「……」

「私を使役出来る忍者には長年出会いませんでした。ですから私はあの子に我儘を言われる度に嬉しくなってしまうのです。自分より幼い存在の我儘に振り回される事は私にとっては無上の喜びです。少なくとも、絶対零度の冷気で他人を害するような命令よりはよほど嬉しい」

「……いや、良い考え方だと思うよ。感銘を受けたって言いたくなる。バニーガールの格好しなくて良いなら」

普段の俺なら、本気で白雪の言葉に感心しただろう。

しかし、やっている事は、嫌がる野郎にバニーガールの衣装を着せる事だ。

「まあ、そこまで嫌がる必要はないのでは？　意外と似合うかもしれませんよ」

「絶対にあり得ないし、万が一似合っても嬉しくない！」

「着替えを済ませてリビングに戻れば、雪達(ゆきたち)のバニーガール姿を見る事が出来ますよ？　若く、美しい娘があのような服装になる所を眼前で見られるのは、男にとっては中々嬉しい事なのでは？」

「……別に、そんな事に興味無いけどなあ」

白雪の言葉を真に受けた訳じゃないが、俺は着ている服を脱ぎ始める。

雪と茜(あかね)のバニー姿を想像して興奮しているわけじゃない。断じて違う。

ただ、全員で同じ服装になるという遊びを、俺だけが逃げると空気が悪くなる。

それを避けようと思っただけだ。

そう思って服を脱いでいると、

「……バニーガールって、インナーはどうしてるんだ？」

「Tバックです。紙袋の中にあるでしょ？」

「きっついわあ……Tバックでバニーガールの格好するの、きっついわあ……」

「男物のパンツをはいた状態でバニーになれるワケ無いでしょ。早く着なさい」

「いや、もう観念したから出て行ってくれよ。恥ずかしいんですけど」

「駄目です。貴方(あなた)が着替え終わるまで出て行きません。私に構わずに着なさい」

「マジかよ……なにが悲しくてこんな事してんの俺……」

「……」

とりあえず、バニーガールの衣装一式を全て装備した。

俺の部屋に鏡は無いのでどんな感じなのかは判らない。

どうせ見るに堪えない姿なんだろうけどさ。

「意外に良いですよ、忍。お似合いです」

「嘘つけ。ドン引きされるか、腹を抱えて笑われる未来しか見えないよ」

「いえ、本当に似合っていますよ」

白雪は、顎に手を当てて、真顔だった。

「貴方の身体はよく引き締まっています」

「そりゃ、一応、忍者として鍛えてはいるけど」

そんじょそこらの格闘家やアスリート以上に鍛えている自信はある。

「バニーガールの格好はスタイルが強調されます。貴方の鍛え上げられた肉体美が良く見えて、非常に美しい」

「……そう?」

「ええ。服とは着る者によって見え方が違うものです。貴方のように身体をよく鍛えている人は基本的にどんな格好をしても見栄えが良いモノですよ」

「……そうかな？」

なんか、段々悪くないような気がしてきたぞ。

Gパンと丅シャツだけのイケメンも、普通にカッコいいしな。

身体を鍛えまくった忍者がバニーガールの格好をしても、違和感は無いのかも。

＊

「あひゃひゃははははは！　ひい！　ふひゃひゃひゃははははは！」

バニーガールの格好をした雪が俺を見て、笑い転げている。

同じく、バニーガールの格好をした茜も俺を見て、

「ぷふ！　ぷふふふ！」

必死に口を押さえて我慢はしていたが、笑っていた。

葵は比較的静かだったが、良く見れば口元が笑っている。

いや、まあ知ってたよ。

笑い物になるだけだってのは。

白雪の言葉を真に受けた俺がバカだったよ。

笑いモノにされるのはしゃくだが、正直どうでも良かった。

目の前には、バニーガールが三人もいる。一人は野郎だが。

茜は巨乳だから胸がこぼれそうになってる。

その割にウエストが絞られているからえらい事になっていた。

太股もムチムチしているから、非常にけしからんバニーだ。

まあ、銃を扱うヤツは体重がある方が反動に強いから、ある程度肉付きが良い方が好都合だけど。

雪は、茜ほどじゃないが、総合的なスタイルのバランスが良い。

十分に似合っている筈だが、今現在、俺のバニー姿を見た事で爆笑し、リビングの床を転げ回り、両足を大きく開いたりしているから、エロいというよりバカにしか見えない。

問題は、俺と同じく男のバニーガールというわけの解らない存在と化した葵だ。

「……あ、あんまり見ないでください……」

男なんだから、当然胸は無い。

しかし、俺より圧倒的に細身で、手足も白く、しなやかだった。

露出した背中もなんか艶めかしい。

女装している男というより、貧乳の女にしか見えない。

「……」

胸が小さい女のバニーガールも、それはそれで良い、という雪の言葉は本当だったようだ。

まあ、コイツは男だが。

恥ずかしがってモジモジし、股間の辺りを手で隠している仕草と表情が原因で、三人の中で一番いやらしく見えてきた。

これ以上見ると、脳が誤作動を起こしそうなので目を逸らす。

リビングを転げまわっていた雪は、俺を指さして笑い続ける。

「バッキバキ！　ムッキムキ！　目茶苦茶鍛えてんじゃん！　超怖い！　超怖いよこのバニーちゃん！」

「ぷふ！　ぷぷぷ！」

雪の言葉を聞いて、茜は笑いを必死にこらえている。

俺は無言でリビングに佇むしかない。

「ひいひっひっひ！　もういっそのこと、忍者の仕事している時もその格好で行けば？　目茶苦茶威圧感あるよ！　敵が皆逃げ出すんじゃない？」

「その時はお前らも同じ格好しろ」

俺はリビングの上を転げ回っている雪を見下ろしながら呟く。

「それはそれで悪くないね。マオも加えて五人組のバニンジャーってチーム名つけちゃう？」

「バニンジャー？　なんだそれ？」

「え？　忍君知らないの？　バニーガールの格好している忍者をバニンジャって言うから、それが複数人いればバニンジャー」

「嘘つけ！　そんな言葉が存在してたまるか！」

「嘘ではないよ？　バニンジャーは私が作った造語だけど、バニンジャって言葉はググれば検索出来る言葉だから」

「マジかよ……どうなってんだこの国……」

雪は少し落ち着いたのか、立ちあがって自分の足を指さす。

「ほら、バニーガールって言えば網タイツでしょ？　忍者……特にクノイチが着る鎖帷子とパッと見似てるから、忍者とバニーガールには親和性があるんだよ」

「親和性なんかねえよ」

「だから忍君がバニーガールの格好をする事には……なんら違和感は無いよ……ふふふ」

「違和感しかねえ！　だから笑い者になってんだろ！」

「ねえ、ちょっと」

その時、バニーガール姿の茜が俺と雪の会話に割って入る。

「とりあえず流されて着ちゃったけど、この格好で一体何すれば良いの？　冷静になると恥ずかしくなってきたんだけど」

　冷静になる前から恥ずかしいよ。

　何で俺の家で四人揃(そろ)ってこんな格好してるんだ。

「あんまり長時間着ると風邪(かぜ)ひきそうだもんね。さっさと済ませちゃおう」

「済ませる？　何を？」

　俺が首を傾(かし)げ、茜と葵(あおい)も揃って怪訝(けげん)そうな表情を浮かべた。

　バニーガール姿でする事が何も思い浮かばなかったからだ。

「撮影だよ。皆(みんな)でポーズ決めて写真撮りまくるの」

「こんな姿を半永久的に残すってのか！　冗談じゃねえぞ！」

「そうよ！　いくらなんでもそれは駄目よ！」

「ぼ、僕もさすがにそれはどうかと思います」

　雪の提案に、初めて俺達(たち)三人の意見が一致した。

　若気の至りとも言える悪ノリでこんな格好をしてしまったが、この姿を写真として残す事は断じて許容出来ない。

　まだ茜と葵は良いだろう。似合ってるから。

　しかし、俺に関しては問題外だ。

　こんな格好の写真など、黒歴史と化すに決まっている。

というか、万が一外部に流出した場合を想像するだけで震えてくる。

「写真は駄目だ」

俺は、重要な事を思い出した。

「何で？　四人で記念撮影しようよ。一生の思い出だよ？」

「いや、真面目（まじめ）な話、スマホで撮影とかして、間違ってネットに流出する可能性がある。それだけは本当に不味（まず）い」

「そうね。忍者が自分の顔写真を流出させるなんて……」

「今時、ネット上に写真が流出する事を完全に防ぐ事は出来ないよ。むしろ、全く流出していない方が目立つんじゃないかなあ？」

「そうだとしても、わざわざこんな目立つ格好で人目を引くのは駄目だ。通学中とかの写真が偶然撮られて、偶然ネット上に流出するのとはワケが違う。スマホで撮影するのはやめた方が良（い）い」

「あ、それなら大丈夫」

突然、雪（ゆき）はカメラを取り出す。

「スマホじゃなくて、このカメラで撮るから。やっぱり一眼レフカメラでないとね」

「無駄な拘（こだわ）り！」

「写真だって私達（たち）の間でしか共有しないように気をつけるから。それに顔は隠せば良いし」

「これで目元隠せば大丈夫でしょ？」

「顔を隠す？」

そういって、雪はマスクを取り出した。

名前は知らないが、目元だけを隠す、ＳＭプレイ中に女王様が着けていそうなアレだ。

「余計に変態性が増してないか!?」

「失礼だなあ。忍者が顔をマスクで隠す事を変態なんて言わないでよ」

「お前……！」

本当にこの女は、ペラペラともっともらしい事を話すな。

このままでは俺のバニー姿が写真として残ってしまう。

いや、待て落ち着け。

この場にいるのは四人。

撮影者は他の三人を撮る事になるが、その間、自分自身が撮影される事はない。

こうなったらカメラマンになる事によって自らを撮影される事を防げば良いのだ。

「じゃ、撮影よろしくね、白雪（しらゆき）」

「お任せを」

俺の淡い期待は、雪と白雪の言葉によって脆（もろ）くも崩れ去った。

＊

その後、俺達(たち)は白雪(しらゆき)によって様々な角度、ポーズで写真撮影をされた。

俺もそうだが、茜(あかね)や葵(あおい)は忍者として厳しい鍛錬を積んでいるから、普通に体が引き締まっている上に、柔軟性が高い為(ため)、様々なポーズをさせられていた。

二人でY字開脚しながらの撮影は雪(ゆき)が絶賛するほど卑猥(ひわい)になったし、俺は何故(なぜ)かM字開脚した写真を撮られた。

最後には四人で並んで撮影する事になったが、俺以外の三人全員が満面の笑みで、何故か真ん中に立たされてた俺は死んだ魚の目をしている事が自分でも解(わか)る。

撮影後は全員制服姿に戻って普通にゲームで遊び、その間に白雪が作っていた夕食を皆(みんな)で食べた。

気が付けば夜中になっていた程時間の流れが早く感じたのは何故か解らないが、何か懐かしいものを感じる時間だった。

目まぐるしい、という時間ではない。

何と形容して良(い)いか解らない。

ただ、俺は自分の感覚に戸惑うしかなかった。

茜と葵が帰る頃には、外はすっかり暗くなっていた。

街灯の明かりがあるからそれほど問題は無いが、周囲はかなり暗い。

俺は玄関先で二人を見送る事にしたが、

「なんかすっかり悪ノリしちゃったわね」

「でも楽しかったですよ姉さん。同年代の人と遊ぶ事は僕らにとっては珍しい」

「そうね。まあ、私も楽しかったわよ、忍」

なんて事を口にし、二人は笑みを浮かべている。

しかし、茜は唐突に表情を曇らせた。

俺の家の中に残っている雪の様子をうかがい、会話が聞こえない事を確信したのか、

「ねえ。白石雪がどうして羅生門から抜けたのか、アンタは知ってるの？」

何か、深刻な様子で耳打ちしてくる。

「一回しか戦ってないし、私も葵も本気ではなかったわ。でも、あの女は相当強いわよ。多分今まで私達が見た事が無いレベルで」

「あれほどの力があるなら、羅生門でもかなり重要視されている筈です。地位も高いと思って差し支えないかと」

「……」

俺は、二人の話を無言で聞いていた。

「こんな事言いたくないんだけど、羅生門は何処までいっても最悪の集団なのよ。金さえ

もらえれば誰でも殺す。そんな殺人集団としか思えない」

「以前から、羅生門は僕達半蔵門の情報を知っている節があります。誰かがこちらの情報を流している。コレは確実です」

「アイツは羅生門にいるのが嫌だから逃げたらしい。嫌になった理由までは知らない」

「私等も、信用したいわ。マオ様が保護するって決めた訳だし。でもね」

茜は、唐突に拳銃を取り出す。

茜の拳銃は、雪の使役する白雪と同じ理屈で実体化されている。

だから何もない場所から唐突に出現させられる。

そして銃本体だけでなく、銃弾も忍法で実体化させたものであるため、本人の気力が尽きない限り弾切れもしない。

それが茜の忍法。

俺の眼前で拳銃を取り出した茜は、何の躊躇も無く俺の家……正確には、俺の家の屋根に止まっていたカラスを討ち抜く。

銃弾が命中したカラスは霧散し、死骸も残さずに消滅した。

「最近増えてんのよ。獣忍の獣遁で使われてるカラスとかイヌとか。普通に偵察用だから雑魚だけど」

茜は拳銃を消しながら、

「忍、覚えときなさい。忍者って皆嘘つきよ？　誰の、どんな言葉だろうが完全には信用しないでね？　アンタはちょっと人が良すぎるわ」

なんて事を言い残し、葵と一緒に影山家から去っていく。

俺はそれを、何も言わずに見送った。

第五章　追い忍

影山家で白石雪を保護してから三週間が経過した。

学校生活は問題無く送らせているし、雪も茜や葵と一緒に行動する事を楽しんでいるようだった。

本人いわく、学校で友人を作る気はあったが、まさか正体を隠す必要の無い相手、つまりは忍者同士で友人になれるとは思わなかったらしく、二人と親しくなれた事は想定外だったらしい。

茜も葵も満更ではなさそうなので、何も問題は無い、と思いたかったのだが、俺には少し懸念があった。

半蔵門の上層部に雪を保護する事を伝えに行ったマオが戻ってこないのだ。

マオの実力なら何も心配する必要はないと思うが、連絡が一切ない、戻ってもこない、というのが妙だった。

白石雪という抜け忍を保護する、というマオの意向に対して、半蔵門からの回答が無い。

つまり、否定しているのか肯定しているのか判らないというのは何とも言えず不安感を煽る。

それに、雪が逃げ出した羅生門(らしょうもん)からの追手、つまりは追い忍がいつ現れるかわからない、というのも怖い。

放課後、学校から自宅に戻り、未(いま)だにマオが戻ってきていない事を確認した俺は、ますます不安になってきた。

「ふい～。お腹(なか)すいたね～」

しかし、雪は学校でも自宅でものんびりとしており、常にあっけらかんとしていた。

コイツのお気楽さは羨ましくなってくるが、ここまで来ると腹が立ってきた。

「なあ、雪。お前怖くないのか？」

「何が？　男と二人きりで寝泊まりしてる事？」

「違う。そんなワケないだろ」

「……いや、忍(しのぶ)君。普通は私の生活で懸念すべきなのはそこなんだよ……」

雪は的外れな事を口にしながら、何故(なぜ)か俺に対して呆(あき)れている。

「半蔵門の上層部がお前の保護に賛同してくれるかどうか。それに、羅生門からの追手に見つかるかもしれないとか」

「そんな事不安がっても意味無いでしょ？　ビクビクして何かメリットあるの？」

「そりゃ、確かに疑心暗鬼は無意味だけど……」

「茜ちゃんと葵ちゃんも言ってたけど、忍君って強いんでしょ？　何でそんなにビクビクしてるの？」

「強いって言っても、一人で出来る事には限界があるだろ。俺だって組織の末端でしかないし、好き勝手出来る訳じゃないんだ」

「ネガティブだなあ」

「お前がポジティブすぎるんだよ」

「……あ」

その時、何故か雪は憂いを秘めた表情を浮かべた。

耳をすませるような仕草を見せるので、俺も黙って周囲の音を聞いてみる。

ラーメン屋の屋台が鳴らす音。

端的に言うとチャルメラの音が聞こえてきたのだ。

今時屋台が通りかかるなんて珍しいな、と思っていると、

「私ちょっと行ってくるね」

「は？　何処に？」

「ラーメン食べたくなってきた」

なんて言いながら、雪は玄関に向かう。

「ちょっと待て。一人で行動するな」

「え～。私束縛がキツイ男って苦手～」

雪は、ニヤニヤと悪戯っぽい笑みを浮かべているが、どこかぎこちない。

何が原因なのかは解らないが、とにかくコイツを単独行動させる訳にはいかない。

「俺も一緒に行く」

「ま、そうなるよね」

＊

「へいらっしゃい！」

ラーメン屋の屋台は、影山家の前で止まっており、屋台を引いていた店主らしき男が俺達を出迎える。

その段階で違和感が最高にあったが、そんな事が些細に思える程、異様な事があった。

店主の顔が骸骨だったのだ。

服装は、普通にラーメン屋の店主っぽく、黒いシャツにズボン、そしてエプロンという格好だったが、体は骨だけなのだ。

骨が動き、服を着てラーメン屋の屋台を引いている。

子供が秘密の組織に育てられている、という段階で平穏なんか有り得なかったらしい。
俺の平穏は一体どこに行ったのだろうか、と思いそうになったが、そもそも戸籍の無い
そして骸骨ですか。
幽霊みたいな女。
喋るネコ。
「……はあ」

もう、本当に慣れるしかない。

「雪。一応確認だが、コイツはお前の知り合いか？」

「うん。羅生門の獣忍だよ。名前は無害」

「むがい？　死骸の骸って漢字使って無骸？」

「違う。普通に害が無いって書いて無害」

身も蓋もない名前だな。骨しかないヤツが無害って。

しかし、俺は無害を一瞥しながら握り拳になる。

「お前、追い忍か？」

「やめて、忍君」

その時、臨戦態勢に入っていた俺は、雪に止められる。

「意味無いから。その人と戦うの」

「意味が無い？」

「そっちも戦う気、無いよね？」

雪が話しかけると、無害は恭しく会釈する。

「勿論です。私は只、お二人にラーメンを御馳走しに来ただけです」

「はあ？　食うわけないだろ」

羅生門の獣忍が作った料理なんか食えるか。

毒が入ってるかもしれないし。

「コレはおかしな事を仰る。白雪が作った料理は食べられて、私が作ったラーメンは食べられないと？」

無害は、カタカタと骨を鳴らしながら笑う。

そもそも、肉も内臓もない骸骨が喋れるってのはどういう事だ。

呼吸して無いから息も出来ないし、喉も声帯も無いから声が出せるワケないのに。

「ささ、どうぞ席にお着きください」

その後、無害は本当にラーメンを二人分用意して俺達に差し出して来た。

無害がラーメンを作っている最中の動き、所作は洗練されていたし、出されたラーメンも普通に旨そうだった。

しかし、状況が意味不明すぎて食欲が湧かない。

「この人ね、私の潜伏場所が解る度にこうやって顔出すの」

出されたラーメンを啜りながら、雪が呟く。

「無害に見つかる度に私は逃げ出して別の場所に引っ越し続けたって事」

「じゃあ呑気にラーメン食ってる場合か？」

というか、雪の逃亡生活って、追手に発見される事が頻繁にあったのか。

だとすれば、追手の方も本気で連れ戻す気が無いのか？

「はっはっは。人間誰でもまずは食べないと。私は骨だけですから食べませんがね」

無害はつまらない事を言いながら笑い続ける。

「忍君も食べなよ。無害は毒殺とかしないよ」

「いや、そう言われても……」

「この人、殺す時は直に殺すから」

雪の発言は、余計に食欲を落とすような事だった。

「何なんだ？　コイツ、強いのか？」

「滅相もない！　伝説の忍者マオの愛弟子である貴方と戦えば、私など秒殺に決まっております！」

マオ、という言葉を聞いて、俺の警戒心は更に増す。

「お前、マオの事まで知ってるのか？」

「マオの事を知らない忍者などいません。半蔵門(はんぞうもん)にとっても羅生門(らしょうもん)にとっても、かのネコは目の上のタンコブですから。その動向は常に注目されております」

「は？　マオが目の上のタンコブ？　半蔵門が？」

敵対関係にある羅生門ならともかく、何で半蔵門の忍者までマオを警戒しているような事を言うんだ？

「おや？　ご存じではない？」

無害は俺の疑念を見透かしたように言う。

「半蔵門の上層部は、今現在、権力争いのまっ最中です。その状況で、実力がトップでありながら、半蔵門の如何(いか)なる派閥にも所属せず、好き勝手に超忍(ちょうにん)の卵を育成するマオは目ざわりなのですよ」

こんな話は初耳だ。

何で羅生門の忍者がここまで半蔵門の内情を知ってるんだろう？

「ちなみに、六年にもわたってマオの薫陶(くんとう)を受けている貴方は、我々の世界ではブラックリストに載っております」

「ええ……」

目茶苦茶(めちゃくちゃ)嫌な話を聞いた気がする。

俺はまだ若手の小僧だし、忍者の卵に過ぎないのに。

こんなワケの解らない連中から警戒されまくってるのかよ。

何も考えずにマオの弟子をやっていたが、まさかこんな事になるとは。

「忍さん。ラーメンが伸びる前に食べていただけませんか？　私は食べモノを粗末にする事は好んでおりません。毒など盛っておりませんから。毒物などを混入しては罰があたりますよ。骨身にしみております。骨だけに」

どうでも良いが、コイツはつまらない洒落ばかり言うな。

しかし、食べ物を粗末にしたくない、という言葉には妙な説得力を感じる。

超忍である俺は毒物に対しても耐性が高い、とマオに教えられたし、大概の毒は効かない筈だ。

一応、恐る恐るラーメンを一口啜ってみる。

「……！」

旨い！

味も喉越しも申し分ない。

箸が止まらなくなる味、なんて言葉を初めて信じる気になった。

「腹が立つくらいおいしいよね。私も見つかる度に食べてるんだ」

「そうか……」

「はっはっは。ありがとうございます」

無害は俺と雪がラーメンを食い終わるまで笑っていた。

骸骨なんだから表情筋もないのに、何故か笑みを浮かべているように見えた。

「どんな絶世の美男美女も、死んでしまえば骸骨になる。骨になれば皆同じような顔になる。ねえ、忍さん」

「は？」

「ですから、貴方達のような若い二人が死ぬには早すぎるのではないか、という話ですよ」

唐突に、無害は恫喝するような口調になる。

「雪さん。そろそろ家出はやめていただけないかと思いまして。いい加減、御戻り頂く事は出来ませんか？」

「ヤダ」

「貴方は御自分の立場がおわかりではないようだ。身分の高い方は、自分の身分を自覚せずに生きるものなのでしょうかねえ」

「身分？」

俺が口を挟むと、無害はコクリと頷く。

「雪さんは羅生門の構成員ではありません。創設者の血筋を引く由緒正しい家系の方です」

またこういう話かよ。

茜と葵も、半蔵門で序列一位に上り詰めた忍者の血を引くとか言っていたが。

「雪さんが扱う獣遁『白雪』は、これまで誰も使用出来なかったものです。彼女程の素養の持ち主は他にいません。彼女は近い将来、羅生門の頂点に立つ方ですよ」

「頂点も何も、犯罪組織だろ。ギャングとかマフィアと大差ねえよ」

「犯罪がこの世から無くならないのは世の常です。必要悪というものですよ」

「必要な悪なんか無い」

「むっふっふ。若いなあ。本当に若い」

「雪を連れ戻しに来たって言うなら、俺が相手になるぜ。回りくどい言い方はやめろ」

「……面倒だなあ。もう全員死刑で良いような気がしてきたなあ」

「……？」

なんだ？　この無害ってヤツ。

何か妙だ。

「こちらは警察に連絡して貴方を未成年者略取の罪で逮捕させても構わないんですよ」

普通にヤバい手段をチラつかせてきやがった。

ヤバいぜ。コレはマジでヤバい。

「お、お前、それはずるいぞ！」

もう完全に勝ち目が無くなったような気がしてきた。

「もう帰って」

俺が動揺していると、雪が冷たく無害に言い放つ。

「私は戻るつもりは無いから。それが気に食わないなら私を殺せば良いでしょ」

「雪!?」

耳を疑うような事を言うので、俺は思わず雪を凝視する。

「よろしいのですか?」

「死んだ方がマシな事だってあるでしょ? 私は羅生門に戻るくらいなら殺された方がマシ」

「待て待て待て! 妙な事を言うな雪!」

俺は無表情になっている雪の肩を掴む。

「マオがお前を保護するって決めたんだ。アイツは絶対にお前を守り切れる。殺される必要なんかない」

「おやおやおや。そこは『俺がお前を守る』という場面ではありませんかなあ?」

「うるせえ!」

からかうような口調の無害を、俺は恫喝した。

「雪は戻らねえって言ってるだろ! 帰れよ! お前みたいな犯罪組織のヤツが大きな顔して街に出歩くな!」

しかし無害はカタカタと骨を震わせて笑うだけだ。

「結構ですよ。今日は帰りましょう。しかし、本当によろしいのですか？　先ほど貴方は死んだ方がマシだと仰いましたが、この世には本当に死んだ方がマシな事は山ほどあります」

「何よ？　何が言いたいの？」

「例えば、お世話になっている居候先の同居人が殺されるとか」

無害は俺を指さしながら、明らかに雪を脅迫している。

その段階で、俺は本気でキレた。

「やってみろや！　俺とマオがお前程度に殺されるとでも思ってるのか！」

「いやはや、本当にお若い。貴方は何も解っておられない」

「ああ!?」

俺がいくらすごんでも、無害はまるで意に介さないようだ。

やはり骸骨なので表情がまるで判らない。

「はっきり申し上げて、私程度では貴方に、ましてマオに及ばない事は百も承知です。貴方達師弟は御強いのでしょう。しかし、羅生門の構成員に白石雪の所在がバレた、という事態を貴方はあまりにも甘く見ている」

「……」

「日本中に支部を持つ、国内最大のシンジケートの構成員に、二十四時間狙われ続ける生活を御望みですかな？　私ならそんな生活は御免です」


俺は、無害の言葉を頭の中で反芻する。

国中の犯罪者が、俺をつけ狙う生活。

雪も同じ想像をしたのか、顔を真っ青にしていた。

しかし、冷静になって考えれば、なんてことはない。

俺と、マオがいる場所に犯罪者が集まる事になるのだ。


手間が省けて好都合だ。


六年間、マオと一緒につまらない犯罪者を狩り続けていた。

いくら任務をこなしても終わらなかった不毛な時間。

それが、簡単に終わるだけじゃないか。

「少しはご理解いただけましたかな？」

「ああ、楽しくなってきたよ」

「は？」

「全員束になってかかって来い。纏めて相手になってやるから」

その時、無害は本気で俺に対して呆れていた。

表情がまるで判らない骸骨なのに、バカにされている事だけは理解出来る。

「貴方はもう少しネガティブな人間だと思っていましたが、なんですか？　情緒不安定ですか？」

「……？」

なんだコイツ？

居場所を特定されている以上、しばらく前から監視されていた筈だが、何で俺の性格を知っているかのような口ぶりで話す？

「もう結構。私は帰ります」

なんて言いながら、無害は俺に手を差し出す。

「……？　なんだよ？」

「ラーメン代。二杯で四百円です」

「金取るのかよ！」

というか安いな！　もうちょっと取れば⁉

＊

「う～ん」

無害が帰った後、ラーメンを食べた事で夕食を作る必要が無くなった俺は、一応念の為に影山家の扉や窓を厳重に施錠し、襲撃に備えておいた。

影山家は見た目は普通の一軒家だが、割と頑丈に造ってあるからな。

それに、襲われても俺と白雪がいれば負ける事はまずないだろ。

そうお気楽に考えた俺は、早めに就寝する事になったが、雪の方は無害がいなくなってから考え込む素振りを見せており、明らかに不安を覚えていた。

「まあ、そんな深刻に考えなくて良いだろ。もうすぐマオが戻ってくるだろうし、茜と葵に明日学校で相談してみるよ」

「うん……」

一応、俺の言葉には返事するが、どこか元気が無い。

こういう時、不安がっている女を安心させるのが良い男の条件なんだろうが、あいにく俺にそんなコミュ力などない。

だから就寝時間になった頃、俺は普通に自室に布団を敷いて寝た。

その時、一応俺の部屋の押し入れを開ける。

いつもマオが眠る時に使用する押し入れなので、下には荷物があるが、上には布団を敷いてある。

当たり前だが、押し入れの中にマオはいない。

ここ最近、マオと全く会話していない事を今さら痛感した。

認めたくは無いが、ドラえもんが不在の時ののび太君の心境になっているような気がする。

「ふう……」

押入れを閉めて、布団に入った俺はマオの事を考える。

茜（あかね）と葵（あおい）、そしてあの骸骨野郎の無害（むがい）にまで指摘されたが、マオの弟子である事は忍者にとっては誉（ほま）れであり、要警戒、要注意対象になるらしい。

今までそんな事を考えた事もないが、そもそもマオはどうして俺を弟子にしたんだろ。

思わずマオとの出会いに思いをはせそうになった時、部屋の扉がノックされた。

今、この家には俺と雪（ゆき）だけだし、ノックしたのは雪だろうけど。

「ねえ、忍君（しのぶ）」

雪は俺が返事する前に扉を開けて部屋を覗（のぞ）きこんできた。

「今日、一緒に寝ても良（い）い？」

いきなりそんな事を言われた時の心境は、何とも形容しがたいものだった。

普通は仰天すれば良いんだろうが、いかんせん、雪本人が深刻な顔をしているので、驚いたり、まして卑猥（ひわい）な展開を期待する気にはどうしてもなれなかった。

やはり、無害の来訪で不安がっているんだろうか。

枕を抱えて立っていた雪を見て、俺は押し入れにあるマオの布団を取り出し、自分の布団の隣に敷いた。

一応、距離はとっているが、かなり近い。

だって部屋がそんなに広くないし。

雪は俺が敷いたマオの布団にもぐりこみ、仰向けになって無言になったので、俺も自分の布団で仰向けになる。

「いきなり変な事言ってごめんね」

「良いよ別に」

俺と雪は、薄暗い寝室で仰向けになり、天井を見上げたまま話す。

「悪いけど、エッチなことはしない方が良いと思うよ」

「しねえよ」

「私ね、白雪の力が一部使えるから、下手に私に触れようとすると霜焼けになっちゃう」

「霜焼けですまないと思うけど……」

「チン○ン入れたりしたら凍ってポッキリ折れると思う」

「怖い事を言うな！」

何も卑猥な事を考えて無かったのに、自分の股間がキュンとなってしまった。

　真顔で恐ろしい事を言う女だな、コイツは。

「今さらだけど、迷惑かけてごめんね」

「……本当に、今さらだな」

「いつもは居場所が特定される度に逃げ出してるから、本格的に迷惑かける事になるのは何気に初めてなんだよね」

「まあ、それも別に良いよ。大した事無いし」

「……私が羅生門から逃げだした理由、聞いてくれる？」

「……話してくれるなら聞くよ」

　雪は天井を見上げたまま、俺の顔を見ない。

「私ね、もうすぐ結婚する予定だったんだ」

「え？」

「だからもうすぐ結婚する予定だったから、お見合いさせられまくってたの。それが嫌で逃げたんだ」

「……政略結婚みたいな話か？」

「まあ、そんな感じかな。私って白雪使えるから凄い血統みたいで……忍者の修行とか任務とかした事ないんだけど、とにかく子供は産んだ方が良いって言われたの」

　それであの強さなのか。

尋常な才能じゃないな。

白石雪は一見、獣遁の白雪に頼り切った戦闘スタイルに見えるが、当の本人の身体能力もわりと高い。

それがロクに修行無しで身に付けたものだったとは。

「羅生門に残ってたら、私は無理矢理結婚させられちゃう。だから逃げたんだけど、それが他人の命を危険にさらすような事になるとは思わなかった」

「は？　別に誰の命も危険にさらして無いだろ？　俺とマオって、割と羅生門の連中と戦った経験多いぜ？」

仮に雪を連れ戻す為、羅生門の構成員が派遣されようが、返り討ちに出来るだろう。

こちらにはマオがいるし、茜や葵、そして織部悟の加勢も期待できる。

何の憂いも無い。

「別にビビる必要無いって。半蔵門の超忍は強いから」

「うん……」

俺がいくら言っても、雪は安心しないようだ。

手の内を隠しまくっている弊害が出たかもしれない。

「忍君はどうして半蔵門にいたの？　家族も忍者だったの？」

「お前知らないのか？　半蔵門の忍者は孤児ばっかりだよ」

「え……」

「戸籍の無い子供を日本中から集めてな、山奥の養育機関で鍛えるんだよ。それで見込みのある子供だけが残って一般の高校に入学するんだ」

だから高校に入学している段階で、俺達は選りすぐりの超忍だ。

自慢するつもりはないが、大量の子供を集めて強いヤツを選りすぐれば、それなりの忍者に育つだろ。

俺は雪を安心させる為にそう言ったつもりだが、何故か雪は深刻な表情で俺を見ている。

「見込みがある子供は高校に入学って……見込みの無い子供はどうなるの？」

「ん？　ああ、口封じに殺されるとか思ってるのか？　心配するなよ。記憶を消されて普通の養育機関に送られるだけだ。暗示の忍法で記憶を消せる段階で才能無いしな」

記憶を消され、普通の孤児になった子供を俺は大勢見てきた。

かつて同じ場所で育ち、仲間や家族のように思っていた連中だった。

お気楽思考だった俺は、周囲の連中全てが好きになった。

だから、同輩の仲間と指導者に囲まれる生活は幸せに感じた。

「じゃあ、忍君には家族がいないの？」

「いや、一応いるだろ」

「あ、マオが親代わりだもんね？」

一瞬、雪（ゆき）は安心したような表情を見せる。

「そうじゃなくて、俺の親なら一応どこかにいるだろ。会った事無いけど」

「……」

しかし、俺の言葉を聞いてすぐに表情を曇らせた。

「と、友達は？　茜（あかね）ちゃんと、葵（あおい）ちゃんとは幼馴染（おさななじみ）なんでしょ？」

「いや、アイツらは親が半蔵門（はんぞうもん）の忍者らしいから、俺とは違うよ。別の場所で育てられたから、高校に入学するまで会った事ないしな」

「……子供の頃の友達は？」

「皆（みんな）記憶消されたよ。どっかで元気に暮らしてるんじゃないかな。確認した事ないけど」

「皆……？」

「なんか俺の同期は質が悪かったらしいな。マオに拾われたのは俺一人だし。他の連中が具体的に何処（どこ）に行ったのかは知らないよ」

「……寂しくないの？」

「う～ん……」

昔は、一人ずつ姿を消す友達を探して泣いていた。

ワザと手を抜いて、落ちこぼれのフリをして、いなくなった友達と同じ場所に行こうとした。

その結果待っていたのは、猫の姿をしたワケの解らない忍者との修行生活だ。
教えてもらった真実は、俺の友達は全員俺の事を覚えてはいないという事。
再会は可能だった。
無事はちゃんと確認した。
しかし、相手は俺を見ても無反応だった。
死別した訳じゃない。
単に、忘れられただけだ。
だから決めたんだ。
別れるくらいなら、二度と出会う必要は無いと。
親しくならなければ、別れても悲しくないだろ。
手に入れなければ、失う事は無い。
だから自分から相手に近づく必要はない。
俺は話しかけられた相手に返事をするだけで良い。
必要最低限の関わりで、人間関係を終わらせれば良い。
「寂しかったのかなあ」
しかし俺は、雪の言葉を肯定した。
自分から相手に近づく事が恐ろしいのに、相手から近づいてくる事を拒否出来ない。

相手から積極的に距離を縮めて、友達になってくれないかと、望み続けるだけの高校生活だった。

「今の忍君は寂しがる必要は無いよ。茜ちゃんも葵ちゃんも忍君の事好きだし」

「それは無い」

何回あの二人に撃たれたり切られたりしたと思ってやがる。

アレが仮に照れ隠しだったり、歪んだ愛情表現だったとしてもやりすぎだ。

「マオも忍君の事、凄く大切に思ってるよ」

「それは絶対に無い」

「鈍いなあ。モテモテなのに」

「お前はマオと殆ど話した事無いだろ。俺はマオに何回もボコボコにされたんだ」

「それは、アレだよ。獅子は我が子を谷底に突き落とすとかいうヤツだよ」

「実際に谷底に落としたら死ぬからな。まあ、俺、落とされた事あるけど」

「あるんだ……」

それから、しばらくたわいの無い話をした。

俺も雪も、部屋の天井を眺めながら話し続けた。

最後には、

「家族で川の字になって寝るのが夢だったんだ。忍君のおかげで叶ったよ」

「俺達家族じゃなくて他人だろ」

「そうだね。家族じゃないね」

そんな会話で締めくくり、眠りに落ちた。

＊

眠りに落ちた俺は悪夢を見ていた。

柄にも無く身の上話をしたせいかもしれないが、何か胸が押しつぶされているような感覚が俺を襲う所為で異様に寝苦しい。

とにかく、胸が重い。

思わず目を開けた時、眼前にマオの顔が見えた。

「むお！」

俺は悲鳴をあげそうになったが、マオに口を塞がれて声が出せない。

「静かにせい。雪に聞こえるじゃろうが」

「帰って来たんなら普通に知らせてくださいよ……！」

久しぶりに影山家に戻ってきたマオは、猫耳少女姿で俺の身体に覆いかぶさるような形で現れた。

「お主こそ、何故に雪と同室で寝とるんじゃ？　野暮な事を聞くつもりはないが」

「誤解ですよ……」

俺は隣の布団で眠っている雪が目を覚ましていない事を確認すると、溜息を吐いた。

「ちと顔を貸せ。少々不味い事になった」

マオは何か、嫌な予感がするような口ぶりだった。


俺の部屋に雪を残し、二人で地下室に下りる事にした。

影山家の地下には、俺とマオが修行に使う部屋があり、そこは防音室にもなっていた。

「半蔵門の上層部に白石雪を保護する事を伝えたんじゃが、ヤツらは白石雪を保護対象ではなく、抹殺対象と決めた」

「はあ!?」

半蔵門の超忍は、基本的に犯罪者を秘密裏に確保するのが仕事だ。

しかし、生死問わずに標的を狙う時がある。

その更に上の危険度を持つ者が、抹殺対象だ。

それは、既存の警察では確保する事も隔離する事も、まして処刑する事も不可能な犯罪者を秘密裏に消すという事。

「何で半蔵門はそこまで雪を危険視してるんですか？」

「雪は羅生門の創設者の末裔じゃ」

「それは……聞いてますけど、それだけで抹殺を？」

「羅生門創設者は、通称『天女』と呼ばれる獣忍。百鬼夜行を単独で操作する最強のクノイチ。狂信的な優生思想にとらわれ、常人を皆殺しにし、死者の霊魂全てを使役しようと画策したイカレ女じゃった」

「百鬼夜行……」

マオの話は荒唐無稽に思えるような内容だった。

しかし、半蔵門の創設メンバー最後の生き残り、という事実を知った今となってはまるで笑えない。

「当時の半蔵門が総力を挙げてヤツに挑み、そして敗れた。今とは違う。忍者という存在が、質においても数においても全盛期を迎えていた戦国時代の半蔵門が、たった一人の獣忍が原因で敗れたのじゃ」

「敗れたんなら、何で半蔵門は今も残っているんですか？」

「……まあ、少々情けない話なんじゃが、とある戦国武将に保護されて存続出来たんじゃ。天女と呼ばれた忍者もその武将の部下が倒した」

「戦国武将？　信長とか秀吉とか？」

「家康に決まっとるじゃろうが。信長とか伊賀攻めで忍者殺しとるんじゃぞ」

マオの口ぶりは、本当に当時から生きていたような感じだ。

しかし、おかしい。

半蔵門の構成員が実力も人数も全盛期を迎えていたのに対処出来なかったヤツを、戦国武将の部下が倒す、というのが不可解だ。

それとも、当時の武将は超忍や獣忍以上に強かったという事だろうか。

「あの……戦国武将の部下が天女を倒したって話ですよね？」

「そうじゃ。まさか家康の部下にあんな化物がいるとは思わなんだ」

「化物？　家康の部下って事は、要するに徳川軍が総出で何とかしたんでしょう？」

「アホいうな。殺された人間の霊魂も百鬼夜行に加わって、敵の戦力が増すんじゃぞ？　雑兵を投入すれば状況が悪化するじゃろう」

「え？　ま、まさか天女を倒したヤツは……」

「一人で百鬼夜行に向かって行って全滅させて天女も倒したんじゃ」

「マジで化物じゃん！」

「忍者でもないのにのう。戦場の最前線を走り続けた男じゃった……」

何故か、マオは遠い目をして少し頬を赤くしている。

「『家康は乱世を終わらせる男だ。俺はアイツが乱世を終わらせるまで守る』とか言っておったなあ……洒落の通じないつまらない男じゃったわい」

つまらない、とか言ってるけど、明らかに恋する乙女みたいな顔をしている。

多分、マオはその家康の部下という男を憎からず想っていたっぽいな。

「そいつ、なんて名前なんです？」

「半蔵じゃ」

「ああ、なるほど。服部半蔵ですか？」

「いや、渡辺半蔵じゃ」

「……？」

「知らんならググれ」

「それで？　そのヤバい天女の末裔だから抹殺するんですか？　それはちょっとあんまりですよ」

「違う。天女の血を引くというだけでそこまで危険視しているのではない。雪は天女の力を完全に受け継いでいる可能性がある」

「何を根拠に？」

「白雪、という獣遁を扱えた獣忍は、これまで誰ひとり現れなかった。天女をのぞいてな」

「あ……」

「白雪を含めた八つの獣遁を自由に使役し、百鬼夜行を成し遂げた者が天女じゃ。他の七つを扱える者はごくまれに存在したが、何故か白雪だけは天女以外に扱えなかった。しかし……」

「雪(ゆき)は扱える……しかも自由自在に」

「いずれあの娘の力は天女と同等か、それ以上の存在になる可能性がある。そうなった場合、今の半蔵門(はんぞうもん)の戦力で対応する事は出来まい」

「だから、今の内に殺すと？」

「そうじゃ。お主がな」

「はあ!?」

「あの娘はお主を信用しておる。自ら接触、接近する程にな。お前なら白雪(しらゆき)を呼び出す前にあの娘を殺す事が出来るじゃろう」

「何を言ってるんですか！」

俺は本気で耳を疑った。

忍者が命のやりとりをする事は知っている。

しかし、

「マオは言ってましたよね？　人を殺せば警察が動く。自分が死ねば任務が達成できない。だから現代の忍者は殺さず、殺されず、そして誰よりも強く。俺はその言葉を信じたからマオの修行を受けたんですよ？　女の子を油断させて殺すなんて忍者の仕事じゃありませんよ！」

「綺麗事を言うな。より多くの命を守るため、少数には犠牲になってもらうのは世の常じゃ」

マオの言葉は、いつもとまるで違う。

俺の師匠が、こんな冷酷な事を言う筈がない。

一瞬、第三者が化けた偽物、と思ったほどだったが、

「何故に躊躇する？」

「人殺しに躊躇しなくなったらヤバいでしょ？」

「いいや、違うな。あの娘が可愛いからじゃろ？」

この口ぶり、そして会話の内容はマオそのものだ。

「どうせあの娘の身体目当てに好感度上げようとしてるだけなんじゃろ？　ブスだったら命令が来る前に殺しとる癖に」

「殺しませんよ！」

「古今東西の作り話はヒロインがブスなら成立せんからなあ。美人なら命懸けで守りたくなるが、そうでなければ宿泊させる事はあるまい」

「人聞きが悪い！」

「では、例えば白石雪が美少女ではなく、極端な話、ブサイクなオッサンだった場合、お主は本気で守ったり保護しようとしたりしたか？」

言われてみて、想像してみた。

おそらく、積極的に守ってやろうとは思わなかっただろう。

しかし、殺すなんて事はしない筈だ。

雪が可愛いから見惚れてしまい、情が湧いている事は否定できないが。

「所詮、今のお主が感じておる戸惑いも見た目に騙された結果よ。相手の容姿が変わった程度で揺らぐ意志など、偽りじゃ」

「言っときますけどねえ！　雪を保護するって言いだしたのはアンタでしょ！　俺は最初からアイツを居候させるのは賛成してなかったでしょ！」

「では、望み通り居候生活を終わりにさせよ」

「極端すぎますって。三週間も一緒に生活してた相手を何で殺さなきゃいけないんです」

「平和の為の尊い犠牲じゃ」

「そんな言い草で納得出来るか！」

瞬間、マオは顔を真っ赤にして俺を見上げた。

「やっぱり情が湧いとるな！　この面食いが！」

「今その話関係無いだろ！　倫理観の問題！」

「いいや、関係ある。雪が可愛くなかったら、今この瞬間にも冷酷に抹殺しとる筈じゃ」

「しねえよ！」

「言っておくが、拒否は出来んぞ。お主がやらずとも深山(みやま)の小娘共がやるじゃろう。あの二人にも今ごろ同じ命令が下されている筈じゃからのう」

「何だって!?」

「やり方はお主に任せる。三人で協力するも良し、手柄争いするも良し。好きにせい」

茜(あかね)と葵(あおい)も同じ命令を受けている。

思わず、四人で一緒にコスプレしたり、夜遅くまで遊び、食事をした事を思い出す。

「マオ……」

「もう一度言う、忍(しのぶ)よ。やり方はお主に任せる。好きにせよ」

俺は一瞬、マオにすがろうとしたが、それを拒否するように、マオは背中を向けて部屋から出ていってしまった。

第六章　抜け忍

非常に不味い事になった。

まさか俺に白石雪暗殺の命令が来るとは夢にも思わなかった。

あまりにも予想外だったせいで頭が混乱し、上手く考えがまとまらない。

「忍君？」

いつも通り、起床して歯を磨いて朝食を食べて登校している最中、ずっと上の空だった俺を見て、雪は首を傾げている。

その様子は、マオの言った通り俺を信用しきっている。

同じ部屋で、布団を並べて眠れるくらいには。

こんな相手を、しかも女の子を殺せと言われて殺せるか？

結論から言えば、俺には無理だ。

だが、どうすれば良いのかもわからない。

どうすればいいのか全然わからずにボンヤリし、学校の時間に間に合うタイミングで家を出たが、登校中も俺はボンヤリしていただけだった。

「忍君、忍君ってば」

「ああ……」

「ちょ、ちょっと、そこ車道だよ。危ないよ」

雪が何か言っているが、よく聞こえない。

「うわ！　忍君！　車が……！」

瞬間、俺は車道を猛スピードで走る車に撥ねられた。

撥ねられ、宙を舞いながら確認したが、車種はスバル３６０。

アニメでルパン三世が乗っている車と言えばわかるだろうか。

そんな有名で、珍しい車に撥ねられた俺は、車道の上を転がる。

「きゃあ！　忍君！」

スバル３６０を運転していたのは、茜だった。

あれ？　何で茜が車を運転しているんだ？

助手席には葵も乗っている。

二人は車から降りると、それぞれ自分の得物、拳銃と日本刀を取り出している。

「う！」

ヤバい！

この二人にも暗殺命令が来てるんだった！

「雪！　車に乗りなさい！」

「急いでください。今すぐこの街から出ましょう」

「は？」

茜と葵は、何故か雪を庇うような仕草を見せ、武器を俺に向けている。

「え？　え？　どういう事？」

「半蔵門が忍にアンタを暗殺する命令を出したのよ！　いくらアンタでもアイツには絶対に勝てないわよ！　忍はアホみたいに強いから！」

「ええ!?」

雪は茜の話に仰天している。

どうやら茜は雪を殺すつもりはさらさらないようだ。

むしろ逃がして助けようとしている。

以前は険悪だったのに、情が湧いたら守ろうとする。

即断即決な姉弟だな。

どうすれば良いのか迷ってばかりだった俺は、その決断の速さが羨ましくなってくる。

「ふっ」

しかし、おかげで俺も決心がついた。

俺達は忍者だ。

しかし、忍者である前に人間なのだ。

理由なんかどうでも良いさ。

殺したくないと思った相手を殺す必要なんかない。

そう思った俺は立ち上がり、三人に近づこうとして、

「動かないで！　アンタ相手に手加減は出来ないわよ！」

瞬間、銃弾の雨を浴びた。

「ぎゃあああああああああああ！」

見れば茜は、モーゼルＭ７１２を二丁取り出し、フルオートで乱射している。

通常、モーゼルＭ７１２の装弾数は十発。長いマガジンを使用しても二十発だ。

しかし、茜の使用する二丁拳銃は、その装弾数を無視する。

忍法、魔弾。

拳銃の装弾数を無限にし、更に射程や破壊力を大幅に向上させる忍法。

「ちょ！　ちょっと待て！　やめろ茜！」

俺は無数の魔弾を全身に浴びながら、必死に茜を止めようとするが、

「や、ヤバいわ！　私の魔弾が全く通用しない！」

「やはり規格外の強さですね……敵に回すとここまで恐ろしい男だとは……」

茜も葵もシリアスな顔でバカな事をしている。

コイツら何で俺を攻撃する事に対して躊躇（ちゅうちょ）無いわけ？

「……げ！」
見れば、葵の持っている日本刀の刀身が青く発光している。
ヤバい！
アレは本当にヤバい！
葵の忍法、妖刀だ。
刀身を超高温状態にして対象を焼き切ってしまう防御不能技。
アレで切られるのだけはマジでヤバい！
「私が弾幕を張るから、アンタは隙を見て切りなさい！」
「はい！」
はい！　じゃねえよ！
バカじゃねえのかコイツら！
朝とはいえ、住宅街の前にある車道で忍法使いやがって！
茜は二丁拳銃を乱射させ、紅炎の弾丸で俺を滅多撃ちにする。
その隙に葵は日本刀に蒼炎を纏わせ、大振りしてきた。
葵が使用する火遁は温度が高すぎて蒼く変色し、プラズマ化している。
それを長く伸ばして大振りしてきたので、俺は慌てて跳躍して避ける。
しかし、その所為で車道の脇に生えていた街路樹が何本も切れる……を通り越して、プラズマ刀に触れた部位が消滅している。

なんてヤバい技を人に使いやがる！

茜の魔弾は相手に命中するまで止まらないから回避不可能。

葵の妖刀は高温すぎて防ぐ事が出来ないから防御不可能。

この姉弟は、火遁という超忍の代名詞を、回避不能と防御不能の必殺技に昇華した忍者なのだ。

それは大いに結構だが、それを躊躇無く俺にぶっ放すのは本当にやめてほしい。

「二人共やめてってば！　忍君死んじゃうって！」

「アイツはこの程度で死ぬヤツじゃないのよ！」

「最強の超忍。その称号に偽りはありません」

「いや、マジでやめて！　忍君は私を殺そうとしてないし！」

「「……え？」」

茜と葵は間の抜けた声を上げた。

「殺す気が無いならそう言いなさいよ！」

「言う前に攻撃したよね！　話一切聞かなかったよね！」

俺と雪は、茜が運転席に、葵が助手席に座るスバル３６０の後部座席に並んで座っていた。

一旦運転をやめ、車道に停車したので、四人で今後の事を相談する事になったんだが、とにかく狭い。

四人乗ればギチギチだった。

特に俺は体格的にかなりキツイ。

雪(ゆき)は魔弾に撃たれまくった俺の身体(からだ)をベタベタと触っている。

「何であんなに撃たれたのに無傷なの？」

「この制服は強化アラミド繊維製で……」

「嘘(うそ)つくんじゃないわよ！」

俺の説明に、茜(あかね)がキレ気味に割って入った。

「私の魔弾がそんな服で防げるワケないでしょ！　アンタいい加減に種明かししなさいよ！　今は緊急事態よ！」

「前見た時も驚いたけど、二人が使ってる魔弾と妖刀(ようとう)って、どっちも火を操る忍法？」

「はい。半蔵門(はんぞうもん)に育てられた超忍(ちょうにん)の中で、戦闘担当は殆(ほとん)どが火遁(かとん)の使い手です」

葵(あおい)は雪の質問に答えながら、助手席から振り返り、人差し指を伸ばす。

そして指先から蒼(あお)い炎を小さく出して見せる。

「人体発火現象をご存じですか？　人の身体がひとりでに燃えてしまう現象ですが、コレはそれを意図的に発生させ、制御しているんです」

葵の指先から出ている炎を見て、雪は目を丸くする。

「これが超忍の火遁なんだ……葵ちゃんと茜ちゃんで、色が違うような気がする」

なんて感想を呟(つぶや)く。

「良く見てるわね。私の炎は紅よ」

言いながら、茜も振り返って指先から炎を出す。

紅炎(こうえん)と蒼炎(そうえん)が、車内で小さく燃え、そして消えた。

「何で色が違うの？　火力が違うとか？」

「超忍の火遁は個々人で色や性質が変わるのです。僕の場合は高温で、刃状に形成しやすく、姉さんの場合は射程や効果範囲が広く、弾丸状に形成しやすいようです」

「そもそも人体発火現象を制御出来るヤツは少ないんだけど、それが出来るヤツを選(よ)りすぐる為(ため)に日本中から孤児を集めてるワケ」

ああ……半蔵門の関係者以外が知っちゃいけない情報がだだ漏れになっている。

必死に隠そうとしている俺だけがアホみたいだ。

「とにかく、話を戻すけどね、私らアンタを殺したくないのよ」

「しかし、僕らが殺さなくても別の誰かが派遣されて、貴方(あなた)は命を狙われます」

「そっか……もう学校に通ってる場合じゃなくなったのか……」

茜と葵の説明を受け、さすがの雪も深刻な表情を浮かべている。

「二人の火遁を見て解ったけど、半蔵門の超忍は本当に強いね。人間技じゃないよ」

「アンタの扱う獣遁も凄いけどね。でも半蔵門に命を狙われるのは不味いわよ」

「……もう、潮時だね」

雪は考え込む素振りを見せると、唐突に笑みを浮かべた。

「家に帰るよ。実は昨日、実家から迎えが来たんだ。丁度良かったかもしれない」

家出娘が実家に戻る。

それは一見すると正しく、真っ当な選択肢に思える。

しかし、そもそも真っ当な選択肢なら家出する必要は無かったのだ。

好きでもない相手と結婚するのが嫌だから家出したが、命を狙われ続けるのとどちらがマシなのかは、言うまでもない事だ。

雪はぎこちない笑みを浮かべながら、スバル３６０から降りてしまう。

「皆、迷惑かけてごめんね。私このまま帰るよ」

「ちょ、ちょっと。アンタそれで良いの？」

茜は運転席の窓から顔を出し、雪を止めようとする。

「うん。命のやり取りしてまで家出したくないしね」

そう言い残し、雪はスタスタと歩道を歩いていく。

「忍(しのぶ)、止めなくて良いんですか？」

「……止めてどうするんだよ。このままだとアイツ殺されるぞ」

葵の言葉に、俺は憮然(ぶぜん)とするしかない。

本当なら止めたい。

しかし、半蔵門が殺すと決めた対象を匿(かくま)い、守る事が出来るのは羅生門(らしょうもん)だけだ。

アイツが実家に戻る事を止めると、命の危険が伴う。

「解ってる……解ってるけどさあ、なんかモヤッとするわ。何でかしら。私はこのままあの子を放っておいたら駄目な気がする」

「じゃあどうすれば良いんだよ。お前ら雪を別の街にやるつもりだったんだろ？　それが上手(うま)くいっても半蔵門からの追っ手は出るぞ？　どっちにしても別れる事になるし」

「そうよ。その通りよ。でもなんか嫌な感じがする」

「彼女が普通に高校生活を送る事は、始めから無理だったのでしょうか？」

俺と茜、葵の三人は狭い車内で考え込む。

戦う以外の事が出来ないヤツらが三人集まった所で、何も思いつかない。

「……」

このまま雪が羅生門に戻れば、俺の生活は元に戻る。

学校の中で目立たない存在になり、茜や葵とも、任務中以外は関わらなくなる。

その方が、最終試験はクリアしやすい筈だ。

――また、何もしないのか。


子供の頃、一人ずつ減っていった友達。

それを黙って受け入れて、後で泣いていた生活。

別れた友達が、俺の事を忘れた事も、ただひたすら、我慢して、耐え忍んで。

アイツがいない高校生活に戻って、俺に何が残る？

「忍君？」

「え？」

気が付けば、俺は雪の腕を掴んでいた。

気がつかない間に、車を飛び出して、雪を追いかけて、その腕を掴んでいた。

無意識に、いや、衝動的に、雪を黙って行かせる事を、俺は拒否していた。

「……」

ああ、駄目だ。

俺は、トンデモ無いバカ野郎だよ。

でも、どうせバカなら、後先考えずに行動すれば良いか。

「車に戻れ雪。話はまだ終わってない」

「……あのさあ、話なんて意味無いでしょ」

腕を掴まれた雪は、若干イラついているように見えた。

「私が家に帰れば解決するんだから、それで良いでしょ」

「良くない。それで解決するなら初めから家出してないだろ」

「そりゃ帰りたくはないけど、帰らないと殺されるし」

「死んだ方がマシなくらい帰りたくないって言ってただろ」

「……」

雪は、俺を睨み始めた。

「関係無いでしょ」

「何が？」

「忍君と私は他人だから、私がどうなろうが関係無いじゃん」

昨日の晩、話した内容を覚えていたのか、雪は俺の手を振り払おうとする。

しかし、俺は放さない。

「何で他人の私に構うの？　私の事好きなわけ？」

「どうかな？　好きとか嫌いとかよく解らない」

「はあ？　ていうか、どうでも良いけど放してよ。手を凍らせるよ」

「勝手にしろ。俺はお前を家に帰さないからな」

「何でよ？」

「……お前がいないと、寂しくて死ぬから」

雪は口を開けてポカンとした。

いつの間にか車を降りて俺達を追いかけていた茜と葵も、背後で戸惑っているのが解る。

「私がいないと寂しいの？」

「お前がいなくなると茜と葵とも上手く話せない。俺はコミュ症だから、お前みたいに図々しいヤツがいないと孤立するんだ。だから一緒にいてくれ」

「何それ……変だよ……」

心底呆れたのか、戸惑ったのか、雪は俺の手を振りほどこうとしなくなったので、俺は手を放す。

「人間は寂しくても死なないんだけど」

「死ぬよ。お前に会う前の俺は死んでた」

「いや、死んではいなかったよね？」

「お前の為でもあるんだぜ？　好きでもないヤツと結婚させられるって聞いてなかったら帰してたよ。昨日そんな話をしたのは、絶対に帰りたくないからだろ」

「別にそんなこと……」

　雪(ゆき)は俯(うつむ)き、目を伏せる。

「忍(しのぶ)君の話聞いたら、自分がバカな事してるなあって……」

「俺に家族とか友達がいないから可哀(かわい)そうだと思ってるのか？　俺がボッチなのは自業自得だよ」

　こんな話、絶対に墓まで持って行くつもりだったが、もうどうでも良(い)い。

　後ろの二人にも聞かれたくないが、仕方が無い。

「昨日、俺は親の事を知らないって言ったよな？　アレは嘘(うそ)だ」

「え？」

「マオに頼んで、実の親の事を調べて貰(もら)った事があるんだ」

　マオはやめた方が良いと言ったが、俺はどうしても実の親の事を知りたくなった。

　半蔵門(はんぞうもん)の情報網を使って、マオは俺の両親の事を調べてくれた。

「俺の母親は、高校生の時に同級生と子供を作った。俺を妊娠した母さんは、父さんにそれを伝えたらしい。けど父さんは逃げた。父さんの親は金を渡すから俺を堕胎(だたい)するように言った。どうしても、父さんは俺の父親になりたくなかったんだ。でも母さんは俺を産んだ。それで母さんの両親が、産まれた俺をすぐに施設に送った」

　三人とも、何も言わない。

　マオが知らない方が良いと言った、何処(どこ)にでもある話。

「俺にも家族はいる。父さんも母さんも、二人の両親も、俺がいない方が幸せで、俺が施設送りになったから幸せで、俺がいない方が好都合な連中だ。絶対に俺は家族の誰にも会いに行くべきじゃない。だから俺は家族を知らないと言った。でも実際は知らないんじゃない。知ってる。知ってて、無視しているんだ」

「もうやめてよ……そんな話聞きたくないよ……忍君は何も悪く無いじゃん」

「いや、聞いてくれ雪。お前は家に帰れば好きでもない相手と結婚するんだろ？　それだけはやめてくれ。頼む。好きな相手と結婚してほしいんだ」

俺は、雪の目を真っ直ぐ見つめた。

雪も、俺の目を見ている。

「人間が、どうすれば幸せになれるかは知らない。でも、好きでもない相手と結婚して幸せになる事は絶対にない。頼むから、好きな相手と結婚してくれ、雪。幸せになってくれ。幸せになろうとしてくれ。そうでないと、幸せな家族になんか、なれないだろ」

雪は、俺を悲しそうに見ている。

心底、同情している。してくれている。

俺は、笑みを浮かべた。

きっと傍から見れば、ぎこちなくて、気持ち悪い笑みを浮かべている。

それでも俺は笑った。

「だいたいさあ、他人の家に不法侵入して、男にバニーガールの格好させるヤツが、水臭い事言うなよ。俺に迷惑かけてくれ。いつも通り、自分勝手に我儘言ってくれ」

今なら解る。

雪の我儘に振り回され、それでも楽しそうにしていた白雪の気持ちが。

誰かに必要とされる喜びってヤツが。

「俺が、守るよ。半蔵門からも、羅生門からも、俺が守るから。俺を信じてくれ」

「……あは……ソレって告白じゃん……」

雪は雪で、ぎこちない笑みを浮かべていた。

「良いのかなあ？　私にそんな事言って。マジで迷惑かけまくって、一生我儘言いまくっちゃうよ？」

「一生はやめろ」

「あはは」

雪が本気で笑い始めたので、俺の背後にいた茜と葵が近づいてくる。

その時、

「忍……？」

「アレは……何ですか？」

俺は、茜と葵が雪の背後を指さしている事に気付いた。

雪の背後に、骸骨が立っていた。

昨日の晩、俺と雪にラーメンを振る舞った男、無害だ。

瞬間、雪の身体に鎖が絡みつき、無害のいる方に引き寄せられる。

それも尋常じゃない速度で。

思わず手を伸ばそうとするが、下手に雪の身体に触れれば壊れそうな勢いで。

「すいませんね。状況が変わりました」

鎖を操作していた無害は、バツが悪そうな様子で雪を拘束している。

「半蔵門が白石雪を抹殺対象にした以上、私も大人しくしているわけにはいきません。無理やりにでも帰宅してもらいます」

「……！　嫌だ！　帰らない！」

雪は即座に白雪を呼び出し、無害に攻撃しようとした。

「がは！」

呼び出された白雪は、背後から胸元を貫通され、悲鳴を上げた。

巨大な鎌が、背後から白雪を襲い、背中から突き刺さったのだ。

鎖と、鎌。コレは……、

「鎖鎌……！」

俺の隣で、葵が日本刀を構えながら呟いている。

アレは鎖鎌だ。

あまりにも鎖が長く、あまりにも鎌が巨大な所為で、一目でそれとは気付けなかった。

無害は、鎖鎌を使用して戦うのか。

巨大な鎖鎌に刺された白雪は、拘束されている雪を助けようとするが、傷口から全身が発火し、そのまま燃え尽きてしまう。

尋常な火力じゃない。

以前、茜と葵を圧倒した白雪を秒殺した炎を見て、

「炎……!?　あ、アレは火遁じゃないの？　どういう事？」

既に拳銃を抜いていた茜は驚愕している。

緑色の炎。

茜の紅炎と、葵の蒼炎とは違う、緑炎。

超忍の代名詞である火遁を、自己流に昇華させた証である、固有色の炎。

それを、骸骨姿の男が使用している。

「忍！　アイツは超忍なの？　半蔵門が雪を暗殺する為に派遣した……！」

「違う。アイツは羅生門の獣忍らしい」

「じゃあ、何で火遁を……アレは私らの忍法よ……！」

三人で身構えている俺達を、無害は手で制している。

「どうも、あなた方は白石雪を殺害する意図は無いようだ。ならば我々が争う理由は無い。このまま私を見逃してもらえませんか？　私は彼女を死なせるわけにはいかないのです」

「……！　そんな事言って！　雪を盾にしてんじゃないわよ！」

茜が無害に怒鳴りかける。

実際に、無害は鎖で全身を拘束されている雪を浮遊させ、俺達と自分の身体の間に固定している。

「……」

俺は、雪を拘束している鎖を観察する。

何だアレは？

何故あの鎖は、自由に動いているんだ？

そもそも骸骨の姿で動き、俺達と同じ火遁を扱い、鎖鎌を自由に操作する。

アイツは一体、何者なんだ？

しかも、半蔵門が白石雪を抹殺対象と見なした事も把握している。

雪の命を案じている事も事実だろう。

しかし、

「茜！　葵！　合わせろ！」

俺は無害に向かって突進した。

無害は慌てた様子で雪を盾にしようとするが、茜が魔弾を乱射した。

任意の対象に命中するまで止まらない、回避不可能の銃弾。

それは弾丸の軌道を茜が自在に操る事で成立する。

無数の魔弾は雪を避け、弧を描くように飛び、無害の頭部に命中する。

頭蓋骨に魔弾が命中し、無害は頭部を失う。

それを確認した俺は雪の身体を抱きかかえ、無害から引きはがそうとするが、頭部を失った無害が巨大な鎌を俺に向かって振るう。

その鎌を、俺と並走するように突進した葵が妖刀で止める。

蒼く発光する日本刀と、緑に発光する鎌が火花を散らす。

「きえええええええええええ！」

しかし、組み合う事は出来ない。

葵の扱う蒼炎は、火力に関して他の追随を許さない。

妖刀は巨大な鎌を両断し、無害の身体を胴切りにする。

「……え？」

その段階で、俺は気付く。

雪を拘束している鎖が、別の方向に伸びている事を。

「ずるいなあ」

気が付けば、俺の首に鎖が巻きつき、歩道の脇に立っていた電信柱に向かって引き寄せられる。

「ぐ！」

雪との距離が更に開く。

「三対一……何で私がこんな目に遭わなければならないのか。卑怯でしょ？　一人を相手に多人数で襲うなんて。私の顔が骸骨だから、どんな戦い方でも良いと思ってます？　あなた方も何時かはこんな顔になるのに」

茜の魔弾で頭部を失い、葵の妖刀で胴切りにされた筈の無害が、再び別の場所から現れ、雪を拘束して抱えている。

白雪を破壊され、抵抗する術を失った雪は鎖で首を絞められ、苦しそうに呻き声を上げるだけだ。

俺の身体を、電信柱に固定している鎖も、グイグイと締め上げてくる。

「ふん！」

その鎖を引き千切り、拘束から脱した俺は無害を観察する。

コイツはおかしい。明らかに、他の忍者とは違う。

どうして倒しても別の場所から現れるんだ。

変わり身の術というヤツか？

茜と葵も、同じ事を考えているのか、武器を構えながら無害を睨んでいる。

「どうでしょう？　一対一。五分の条件で戦いませんか？　貴方達も卑怯な手段で戦うのは心苦しいでしょ？」

その時、俺は何故か悪寒が走った。

無害の言葉。

一対一で戦いたいという言葉。

その言葉に、妙な恐怖を感じる。

「はあ？　戦いに卑怯もクソも無いわよ！」

「忍者の世界に、対等の条件で戦うという決まりはありません」

茜と葵は、無害の言葉を拒否した。

二人の言葉は正しい。

忍者は格闘家やアスリートとは違う。

目的の為には手段を選ばない。

勝ち目が無ければ平気で逃げるし、卑怯な事も躊躇無く実行する。

どんな武器も使用するし、人海戦術にも出る。

だから茜と葵の発言は全く間違っていない。

仲間が三人いる状況で、一対一に拘る理由は全く無いのだ。

しかし、二人の言葉を聞いた瞬間、無害はゾッとするような笑みを浮かべた。

骸骨の顔が、シャレコウベが、頭蓋骨が、確かに笑ったのだ。

「ああ……なんて卑怯な……！　私は一人なのに！　こんな大勢で襲うなんて」

「私はただ、彼女を死なせたくないだけだというのに」

別の方向から、無害が現れる。

まだ倒していないのに、無害が現れる。

「多人数でなぶり殺しなんて」

「なんて卑怯な人達だ」

「数の力に頼るなんて！」

「多数派工作は好きになれませんなあ」

「人間性を疑います」

気が付けば、無害が次々に現れる。

道の陰から。足元の陰から。四方から。

次から次へと、矢継早に。際限無く。

骸骨の顔をした無害が、無数に増殖していく。

その数は、目算で五十体以上。

しかし、更に増えている。

歩道と車道に骸骨が充満していた。
「……分身の……術……！」
その段階で、俺は気付く。
忍者が使用する忍法の中で、最も有名なヤツだ。
分身。自分の人数を増やす忍法。
実際に使用するヤツは初めて見たが、俺達に戦慄が走る。
見ただけで相手の実力が解る、なんて眼力を持ってる訳じゃないが、嫌でも解る。

分身の戦闘力は本体と同等である。
分身をいくら倒しても本体に被害はない。
この場に本体はいない。

この三つの推測が正しいなら、俺達が勝つ方法は無い。
冷静に考えれば解る事だった。
骸骨が生きて、行動出来るワケがない。
この骸骨は、何らかの忍法で遠隔操作されているものだ。
雪が使用する、白雪のようなもの。

そして、俺達が常日頃、倒して回っている犬や鳥のような、獣忍が獣遁で使役している動物と同種の存在。

しかし、それならば何故、俺達の誰もその可能性に気付かなかったのか。

強すぎるのだ。

一体一体が強すぎる。

あの白雪を秒殺する程の火遁の使い手が、まさか替えの利く量産品とは思えなかった。

コレは、日本人の悪癖だ。

ロボットアニメで、主役機が量産機を圧倒するように。

時代劇で、主人公が悪人集団を成敗するように。

特撮で、ヒーローが怪人達を纏めて倒すように。

俺達の中には染みついていた。

強いヤツの人数が多い筈が無いと。

自分達が、多くの孤児の中から選りすぐられた精鋭だという自負があるからこそ、全く予想できなかった。

いくらでも代わりのいる、言わば雑兵が、少数精鋭を謳う超忍と同等の強さを持つとは。

「何でこんなに骸骨出まくってんのに騒ぎになんないのよ！　ここは住宅街よ！」

「多分、暗示で近隣住民を操ってるんですね。あの一体一体全てが忍法を使えるのだとすれば、付近を無人にするのは簡単です」

茜と葵は、周囲を取り囲む骸骨を睨みながら、背中合わせになっている。

無害一体当たりの強さは二人に及ばないだろう。しかし、この数を相手にするのは無理だ。

そして、今現在も無害の数は増え続けている。

白雪を破壊され、戦う手段を失った雪も動けない。

「なあ」

だから俺は、一つだけ、気になる事を無害に尋ねた。

「どうしましたか？　この数は卑怯だとでも……」

「何で俺に勝てると思ってるんだ？」

「は？」

その時、周囲の無害の動きが止まり、茜と葵も唖然としていた。

俺は只、本当に理解出来ないんだ。

「俺がマオの弟子って知ってるだろ？　お前自身が、俺と戦えば秒殺されるって言ってたよな？　何で俺と戦おうと思った？　何が目的なんだ？」

「……何度も言わせないでください。私は貴方達と敵対したいのではなく、単に白石雪を回収したいだけです。黙って見逃して頂けるのであれば、危害を加えるつもりは……」

「お前って人数用意すれば俺に勝てると思ってたんだ？　つまり俺を舐めてるんだな？」

「……あのですね」

無害は、心底呆れ果てた様子を見せた。

「貴方が強い事は理解しています。私の分身を全滅させたとしても驚きはしませんよ？

しかし無駄な事です。私の分身に、制限は無いのです」

骸骨の両眼から、緑色の炎が噴き出す。

地獄の亡者に見える無数の骸骨が、周囲に数百体集まってくる。

茜と葵は、緑炎を見て警戒心を露わにした。

「長期戦になれば私が勝ちますよ？　忍法で生み出した分身は、本体と同じ能力を持つ。

つまり分身も分身を増やせるのですよ。私が消耗するのは最初の一体を出した時だけ。二体目以降は何の消耗もありません。つまり、貴方が私の分身を何体倒そうが、先に疲れるのは私ではなく、貴方です」

「……ああ、そう……」

やっぱりコイツは俺を舐めていたらしい。

「雪……俺の忍法、見たがってたよな」

「忍君……？」

俺は、無害に拘束されている雪に笑いかける。

「まあ、茜と葵と同じだけどな。色が違うだけで」
そして、自分の忍法を解禁する。
超忍の代名詞である火遁。
俺の場合は、黒い炎。
茜のような弾丸ではなく、葵のような刀剣でもない。
無害のように鎖に纏わせて操作するのでもない。
ただ単純に、全身にまとわりつかせる。
人体発火で生じる炎を、何かに変化させるのではなく、そのまま纏う。
「忍法……黒炎の術」
周囲にいた無害は、俺の黒炎を見て警戒したようだ。
持っていた鎖鎌を投げ、俺を拘束しようとする。
しかし、無駄だ。
黒炎に触れたモノは、全て消滅する。
鎖だろうが刀だろうが弾丸だろうが、何もかも消滅する。
触れるモノ全てを消滅させる黒い炎を纏う。
それが俺の忍法だ。
「……黒い炎ですか。さすがに見た事がありま……」

「まだ俺を舐(な)めてんのか」

俺は息を吸う。

大きく息を吸い、そして吐きだし、

車道にいた無害(むがい)を全て吹き消した。

「んな……!?」

口から大量噴射させた黒炎は、次々と無害の分身に着火し、跡形も無く消滅させていく。

一度着火した黒炎は、俺が消さなければ消えない。

燃え続ける。

燃え広がり続ける。

周囲一帯は、黒い炎で充満していく。

しかし温度は上がらない。

むしろ下がっていく。

俺の炎は、その実闇でもあるのか。

どんな物でも燃やせるのに、周囲の光を奪い、熱を奪い、気温を下げ続ける。

俺の近くにいた茜(あかね)と葵(あおい)の吐く息も、白くなっている。

「ほら、もっと分身増やせよ。増殖のペースが遅いんじゃないのか？」

「……ふふふ……」

雪を鎖で縛り、拘束している無害が笑い始める。

分身の数が随分減っているのに、まだ笑っている。

「認めましょう。貴方の言っている事は全て正しかったようだ。私は……いや、私達は全員貴方を舐めていた。さすが……伝説の忍者の愛弟子。申し分のない破壊力と効果範囲です。人海戦術など、貴方には無意味ですな」

ですが、と無害は付け加える。

すると、数人に減っていた無害は一瞬で人数を爆発的に増やす。

残っていた無害が分身の術を一斉に使用し、現れた分身も更に分身の術を使用していく。

想定以上の速度で増殖されたので、俺は少し驚くが、無駄な事だ。

どれだけ増えても一掃出来る。

「そうでしょうねえ」

「？」

「貴方の火遁は素晴らしい。間違いなく最強です。ですが、尚更貴方は一人で行動すべきだった」

急速に増殖した無害の分身は、俺ではなく、茜と葵に向かって殺到した。

「……う!?」

無害(むがい)の意図を察した茜(あかね)が魔弾を連射するが、撃ち抜いていく数より増殖の速度が勝った。

葵(あおい)も妖刀(ようとう)で数体の分身を両断したが、焼け石に水だ。

二人は一瞬で殺到してきた無害の分身に捕まり、拘束される。

そして、無害は雪(ゆき)と同じように鎖で縛りあげ、俺の目の前で三人を並べて見せる。

「貴方(あなた)は一人でいるべき人だ。どんな仲間も、貴方の前では等しく足手まと……」

俺は黒い刀身の兜割(かぶとわり)を取り出す。

見た目は日本刀そっくりだが、刃がついていない黒刀。

斬撃(ざんげき)ではなく、打撃武器。

「え？　ちょっと……」

素手から出した時よりも、更に膨大な量の黒炎を黒刀に纏(まと)わせ、

「おい!?　やめろ！」

その時、その場にいた誰でもなく、無害が一番慌てていた。

雪でもなく、茜と葵でもなく、何故(なぜ)か解(わか)らないが、無害が一番ビビっていた。

俺は只(ただ)、三人ごと無害に向けて黒炎を浴びせただけなのに。

だから舐めているというのだ。

俺に人質作戦なんか通用しない。

人質を取られた場合は、人質ごと犯人を燃やすだけだ。

雪達三人を拘束していた無数の分身は、一振りで一掃出来た。

ただし、三人は無事だ。

「バカだな。何でも燃やす炎なんか纏えば俺が真っ先に消滅するだろ」

俺の黒炎は燃やすモノと燃やさないモノを任意に選べる。

そして、鎧のように身に纏う為、デフォルトで人体を燃やす事が出来ないような性質を持つ。

というか、人体を燃やす炎なんか、体から出したり口から吐けない。

しかし、それ以外なら何でも燃やせる。

物体でも、霊魂でも、概念でもだ。

どんな姿にも変化し、体重、身長、年齢、性別、そして忍法すら変えられるマオを相手に、色々な忍者を相手にした戦闘は飽きるほど繰り返したんだ。

大概の忍法は黒炎で燃やして無効化出来る。

俺の黒炎は無害の分身をあらかた殲滅させたが、雪も茜も葵も無傷だ。

全身に黒炎を浴びる羽目になったが、その身体には火傷どころか傷一つ……、

「あ」

三人の着ていた服が消滅して全裸になっていた。

「何してくれてんのよ！」

全裸になり、巨乳をバインバイン揺らしながら茜が俺に向かって抗議してくる。

「服全部燃えたわよ！　財布も消えたわよ！　スバル360も跡形も無く消えたわ！」

「ごめん」

「ごめんで済むか！　制服も学生証も免許証もパーよ！」

「だからごめ……え？　免許証？」

俺が首を傾げた時、茜は咄嗟に自分の口を塞ぎ、「しまった」という表情を浮かべた。

免許証って何の話だ？

忍者の免許なんかないし、免許証と言えば、バイクか車だろう。

茜は十六歳だからバイクの免許を取る事は出来るが、それならこんなに慌てる必要は無い筈だ。

まさか、常日頃運転しているが、車の免許証の事か？

何で、十六歳で車の免許証を持っていたんだろ？

「忍(しのぶ)君ってマジで強いんだねえ。ここまでとは思わなかったよ」

「白雪(しらゆき)は大丈夫か？　やられてたけど」

「大丈夫。修復に時間かかるけど、しばらくすれば元に戻るよ」

雪(ゆき)は全裸になっている事をあまり気にしていないのか、俺に駆け寄ってくる。

真っ白で生々しい裸体が近づいてくるので、俺は思わず目を逸(そ)らす。

逸らした先で、俺が全裸にしてしまった葵(あおい)の姿が映る。

何故(なぜ)か、葵は自分の胸を手で隠し、顔を赤くしていた。

男なんだから股間を隠せよ、と言おうとした時、俺は気付いた。


葵の股間にあるべきモノが無かった。


「ンな!?」

今日一番の衝撃が、俺を襲う。

葵のちん○と金玉が無い！

両方とも、影も形も無い！

ど、どういう事だ！

「ま、まさか……！」

俺は葵（あおい）の裸身をガン見し、気付いてしまった。

ある事に気付いてしまった。

「な、なんてこった……！」

俺の黒炎が葵のちん○と金玉を消滅させちまった！

何と言う事をしてしまったんだ俺は！

人体を燃やす事は決して無い、と過信したのが間違いだった。

試した相手は、俺自身とマオ、そして何度か戦った犯罪者だけだ。

武装した犯罪者の銃器と防弾チョッキを消滅させ、無力化させる事を実験的にくりかえしていたが、こんな大規模に黒炎を撒（ま）きちらした経験は無かったんだ。

だから普段起きない事が起きちまった。

「あ、葵、すまない……！」

「え？」

「お前の性器を俺が燃やしちまった……！」

「は？」

俺の近くにいた雪（ゆき）がキョトンとした。

「何言ってんの？　私達（たち）全員無傷だよ？」

「でも葵が……！」

「いや、葵ちゃんって女の子だし」

「……え？」

俺は、雪が言っている事の意味が全く解らなかった。

「……忍君って葵ちゃんの事、本当に男だと思ってたの？」

「は？　葵は男だろ？」

俺がそういうと、雪は葵の肩に手を回して抱き寄せる。

「こんな可愛い男いるわけないじゃん。よく見てよ」

「い、いえ、見なくて良いです！　見ないでください……！」

雪に肩を抱かれた葵は顔を真っ赤にしている。

姉の茜と違って控えめな胸をしているが、全く膨らみが無いわけでもない。

そしてウエストのくびれや、おしりの張り、身体の凹凸。

それらは紛れも無く女のものだった。

深山葵は、首から上が美少女に見える美男子では無かった。

単なる美少女だった。

「何で!?　何で男子のフリなんかしてたんだ!?」

「ていうか忍君……マジで葵ちゃんの事を男だって思ってたんだ……暗示が効く一般生徒はともかく、忍君が騙されるワケ無いと思ってたのに……」

「え？　雪はいつ気付いたんだ？」

「会った瞬間だよ。見れば判るじゃん……」

だからちゃん付けしてたのか！

茜の事も葵の事もちゃん付けしていたが、あまり気にしてなかったあ！

「……お話はお済みになりましたかね？」

その時、一体だけになった無害が俺に話しかけてくる。

茜は俺の背後に回り、いつの間にか取り出したモーゼルを向けながら、

「忍！　忍！　まだ残ってるわよ！」

「うお！」

まるでゴキブリを見つけた時のような嫌悪感を覗かせながら、俺に止めを刺すように促す。

当たってる当たってる！　巨乳が背中に当たってるよ！

何でコイツは俺に裸を見られる事にはキレるのに、胸を密着させる事に躊躇は無いんだ。

「あ、もう戦う気は無いのであしからず。ここまで勝算がないのではどうにもなりません」

肩をすくめながら、無害は言っている。

俺は、思わず苦笑した。

「アンタ、良い人だな」

「は？」

「さっき、黒炎を浴びせた時、アンタは分身を盾にして三人を庇ったただろ？」

「私の任務は白石雪の回収ですから」

「茜と葵の事も庇ってた。俺が構わず黒炎を浴びせた時、本気で焦ってたからな。良い人なのがバレバレだ」

「……」

俺が笑いかけていると、無害はがくりと肩を落とし、溜息を吐いた。

「貴方達はこれからどうするつもりなのです。半蔵門は白石雪を抹殺対象にしてしまったし、羅生門は是が非でも回収しようとするでしょう。まさか、二つの組織を両方敵に回すつもりですか？」

「場合によっては」

そういうと、背後の三人が戸惑っているのを感じる。

「半蔵門が雪を殺しに来るなら止める。羅生門が雪を連れて行こうとしても止める。それが敵対と見なされるなら、両方敵に回す事になるな」

「……正気ですか？」

「俺なら勝てる」

相手がどれだけ強かろうが、相手がどれだけ多かろうが。

必ず勝てる。

その為に鍛えた忍法だ。

「随分と自信があるんですね。羨ましいですよ。才能に恵まれた人は」

「才能じゃなくて、出会いに恵まれたんだ。ネコっていうコネに。そうだろ？」

「……」

「アンタとの出会いにも、恵まれたと思ってるよ、俺は」

「何を仰ってるのかよく解りません」

無害は深く項垂れると、その場で消えてしまった。

やはり、ここに来ていた無害は全て分身に過ぎなかったらしい。

いくら倒しても無意味だし、本体はもっと強いんだろうな。

まあ、とりあえず一件落着か。

＊

これからの事を考えると憂鬱になるが、とりあえず衣服や金、逃走に必要なモノを用意する為、一旦家に帰るべきだろう。

既に半蔵門の連中が俺を監視してるかもしれないが、見つかれば戦うだけだ。

「……」

俺は影山家に戻る事にした。

パンツ一丁で。

俺のジャケットは茜に奪われ、ワイシャツは雪に盗られ、Ｔシャツとズボンを葵が着ている。

全裸になってしまった三人は無害がいなくなった途端、俺に近づいてきて、着ていた服を根こそぎ奪いやがったのだ。

コレが命をかけて戦った男に対する仕打ちか？　命かけて無いけど。

「アンタもくだらない忍法使うわよね。他人の服を全部消すとか」

「そんな忍法じゃねえよ！」

「結果的にそうなってるでしょ。私ら全員裸にしたじゃない。自分の服は燃やさない癖に」

「ワザとじゃないって何回も言っただろ。お前らが捕まったから、割と必死だったんだ」

「しかし、恐ろしい忍法ですね。いつでも他人を丸裸に出来るとは」

「だからそんな忍法じゃねえって言ってるだろ！」

茜と葵には、俺の黒炎は不評だった。

おかしいだろ。

満を持して解禁した力で敵を全滅させたヤツが怒られるって。

少しは褒めろよ。褒め称えろよ。

あと、葵が俺のTシャツの匂いを何度か嗅いでいるのが嫌だ。

汗臭いんだろうけど、それなら繰り返し確認しなくても良いだろ。

何で忍者の覆面みたいな感じで首元の匂いを嗅ぐんだ。なんか笑ってるし。

「それより、何で葵は男のフリしてたんだよ？　何の為に男子の制服で高校に通ってたんだ？」

「男同士なら忍の信頼を得られやすい、と半蔵門が判断したんですよ」

「はあ？」

俺の信頼を得る為？

何で俺の信頼を得る必要があるんだ？

「僕はマオ様が特別視している忍を監視して、いざという時に暗殺する為に近付きました」

「はあ!?」

「あ、葵！　喋りすぎよ！」

葵の発言を聞いて、俺と茜は慌てふためく。

裸ワイシャツ状態の雪は、

「へえ、そういう理由で男装してたんだ？　かなりバレバレだったけど、本人に気付かれてなかったから、割と有効だったね」

他人事のように呟くだけだ。

「姉さんがサバを読んで女子高生のフリをしていたのは、僕が一人で忍と戦うのが危険だと思ったからです」

「葵！」

葵がペラペラと話すので、茜は更に慌てている。

「え？　茜ってサバ読んでたのか？」

「僕達は双子の姉弟という事になっていますが、本当は姉妹です。僕は十六歳で、姉さんは十九歳なので、高校を卒業するという試験は既にクリアしてるんです」

「何でそこまでバラしちゃうのよ！」

「以前から思っていましたが、もう無理ですよ姉さん。僕らでは忍が裏切っても勝てません。信用を得ようが、不意打ちしようがどうにもなりません。実力に差がありすぎます」

俺は、葵と茜の会話を聞いている間、頭が真っ白になっていた。

コイツら、俺が半蔵門を裏切った時に殺す為に近づいてきたのか。

半蔵門で十本の指に入る実力者で、最強の忍者の血を引いているヤツが、何で二人も近くにいるのか疑問だったが。

それほど半蔵門の上層部はマオの弟子である俺を警戒していたのか。

雪は茫然としている俺の肩をポンポンと叩き、

「忍君って可哀そうだね。近づいてきた女の子全員が嘘つきで」

「お前が言うなお前が」

　いきなり尾行してマインドコントロールしようとした自分を棚上げした発言をする。

　着ている服が無くなった三人を着替えさせるため、影山家に辿りついた俺達は、玄関の前で仁王立ちしているマオに遭遇した。

「忍よ……どうやら雪を殺す気は無いようじゃな……って何じゃその格好？」

　マオは全身から威圧感を出し、シリアスな口調になっていたが、パンツ一丁の俺。裸ワイシャツの雪。裸ジャケットの茜を見て、目を丸くした。

　まともな格好は俺のTシャツとズボンをパクった葵だけだ。

　とりあえず、雪の服を借りに部屋に向かった三人を見送ると、俺はリビングでマオと向かいあった。

「それで？　お主は雪を殺す気は無いようじゃな？」

「はい」

　場合によっては、マオまで敵に回す事になるのか。

　組み手では、四分六分で負け越しているマオを相手に。

「では忍。お主は儂の命令に逆らうというんじゃな？」

「はい」

「半蔵門（はんぞうもん）の構成員がお主を殺しにくるとしてもか？」

「全員倒します」

「奢（おご）り高ぶりおって。自分の力で全て解決するとでも言うつもりか？」

「上手（うま）くいくかどうかはわかりません。しかし……」

俺は、マオの顔をじっと見つめる。

「雪を殺そうとするヤツは、俺が全て倒します」

「雪が万が一、天女の再来となり、この世に災いをもたらした時は？」

「俺が止めます」

「全盛期の半蔵門が止められなかった天女を、お主一人で止めると？」

「はい」

「……」

その時、唐突に、マオは両眼（りょうめ）から涙を流し始めた。

「全て自分の力で解決すると決めるとは……立派に育って……！」

「は？」

「前々から、実力はあるのにメンタルが弱いと思っておったが、やっと自分本位になってくれたか」

何故か、マオは俺を見て感激している。

「半蔵門の説得は儂に任せよ。お主は好きなように行動するが良い」

「ええ？」

俺はもう、雪を連れて抜け忍になるしかないと思っていた。

少なくとも、半蔵門から追い忍が来る展開は避けられないと。

しかし、マオの口ぶりではそうならないらしい。

マオが本当に半蔵門を説得出来たらの話だが。

「羅生門の方も、当分は刺客を送る事もないじゃろう」

「何故です？」

「あ奴らの目的は白石雪に優秀な後継ぎを産ませる事じゃからな。半蔵門が雪の抹殺をやめれば、しばらく静観するじゃろう。コレも儂に任せよ」

「ええ……」

何もかも、全て解決出来るようなマオの口ぶりに、俺は半信半疑になるが、その段階で雪の服を借りた茜がリビングに入ってくる。

「あれ？　アンタ、いつまでパンツ一丁なのよ？」

俺はもう、溜息を吐くだけだった。

終章　忍者

数日後。

俺と雪、そして茜と葵はいつも通りの生活を取り戻していた。

要するに、いつも通り普通の学生のフリをして高校に通う生活に戻ったのだ。

マオの言う通り、半蔵門は白石雪を抹殺対象から監視対象に切り替えた。

監視役の忍者を俺達の高校に派遣する事は決まったらしいが、今すぐ殺す気はないらしい。

羅生門の構成員も、無害がやってきて以降は音沙汰なしだ。

安心は出来ないが、とりあえず平穏は取り戻せたらしい。

茜が歳上だった事と、葵が女だった事が判った所為で、俺は少し気不味かったが、雪は二人と楽しそうに過ごし、頻繁に影山家に招いたり、一緒に遊びに行ったりしている。

周囲が静かになってきたので、俺は最後の確認をする事にした。

放課後、三人で遊びに行った雪達と別行動になった俺は、織部悟のいる喫茶店を訪ねた。

閉店時間ではないので、客が数人いたが、俺はカウンター席に座って織部の顔を見つめる。

「ご注文は？」

織部は他人行儀に話しかけてくる。

「ラーメンを」

「は？」

しかし、俺の言葉を聞いて眉をひそめた。

「そんなメニューは無い」

「前に食わしてくれたじゃないですか。織部さん、というか、無害って呼べば良いですか」

その時、喫茶店の雰囲気が一変する。

具体的には、織部悟の雰囲気が変わったのだ。

「……いつ気付いた？」

「いや、何となく」

俺がそう答えた瞬間、織部はがくりとした。

「え？　証拠とか、確証は？」

「無いです」

「無いんかい！」

とぼければ良かった、と思ったのか、織部はげんなりとしながら俺を見る。

俺は本当に織部悟と無害が同一人物だと確信していた訳じゃない。

強いて言えば、無害は俺の事をよく知っていると感じた事。

コネ、身分という言葉や、雰囲気。

そして何より、

「茜（あかね）と葵（あおい）が俺の黒炎を浴びそうになった時、本気で慌てたのが不味（まず）かったですね。無害は常に余裕があったのに、あの瞬間だけ、本音が見えました」

「……それで？　続きを始める気か？」

瞬間、店内にいた客が一斉に緑炎（りょくえん）で発火し、骸骨姿に変わる。

数人の無害が唐突に現れ、俺に拳銃を向ける。

「別に戦っても良いですけど、今は話をしたいだけです」

「話？」

「アンタは一体、何者なんです？　超忍（ちょうにん）ですか？　それとも獣忍（じゅうにん）？　どうして火遁（かとん）と獣遁（じゅうとん）を併用出来るんです」

要するに、この緑色の炎は超忍の代名詞である火遁で、無数に増える骸骨は獣忍の獣遁なのだ。

二つの異なる忍法を併用する、なんてのは初めて見た。

織部はしばらく黙っていたが、気が変わったのか周囲の無害を消してしまった。

「……俺は元々、羅生門（らしょうもん）に所属する獣忍だった。いや、獣忍のなりそこないだ」

「なりそこない？」

「羅生門では、獣遁に強く適合させる為に、適合率の高い者同士を結婚させる事が多い。白石雪もそうだが、俺の実家もそうだった」

「それで、どうやって半蔵門に潜入したんです」

「俺は同年代で一番弱かったからな。放逐されたんだ」

「弱い……？」

それはおかしい。

無害は不意打ちで白雪を倒し、一対一で茜や葵と同等に戦える分身を、ほぼ無尽蔵に増やせる。

はっきり言って、俺が戦ってきた者の中で、マオを除けば最強だ。

そして、その力の底をまだ見せていない。

「いや、子供のころは弱かったんだ。分身……だからな」

「ああ……」

なんとなく、理解出来た。

分身は、本体の強さと正比例する筈だ。

つまり、本体が弱ければ分身も弱い。

「五歳くらいで獣遁を覚えたんだが、同年代の中で一番弱かった」

「五歳児相当の分身を出せてもねえ……」

「当時は一体しか出せなかったしな。散々バカにされて、虐められて、毎日泣いてたよ」

織部は、何故か、俺にコーヒーを差し出してくる。

とりあえず、俺はコーヒーを飲むが、

「……毒殺とか疑わないのか？」

「食べ物を粗末にするの、嫌いなんでしょ？」

「油断し過ぎだろ」

「毒効かないんで」

黒炎で肉体を損傷させずに毒物だけ燃やせるからな。

まあ、毒なんか入ってなかったけど。

「使い道の無かった俺は放逐されて、戸籍の無い子供だったから半蔵門に拾われた。そこで火遁を習得して気付いたんだが、俺の獣遁は、俺自身が強くなるほど強化される」

「結果的に、獣遁と火遁を両方学んだのは大正解だったわけですか」

「そうかもしれんな。結果的には、古巣の羅生門に半蔵門の情報をリークする仕事を押し付けられる羽目になったが」

「断れなかったんですか？」

「どうだろうな。断った方が良かったのかどうかも解らん」

仮に断っていれば、羅生門（らしょうもん）は織部悟（おりべさとる）の正体を半蔵門（はんぞうもん）に教えるだろう。

元羅生門として、半蔵門は織部を始末しようとしたかもしれない。

「じゃあ、織部さんは羅生門のスパイとして、半蔵門の忍者やってるんですか？」

「それも、もう終わりだがな」

織部は、笑みを浮かべて俺を見つめる。

「正直、疲れたよ。二つの組織に縛られて、正体を隠す生活に」

「でしょうね」

「お前にバレた以上、先は無いだろうし、潮時だな」

「悪いんですけど、もうちょっと頑張れますかね？」

「何だと？」

「織部さんがスパイを続ければ、羅生門の情報を俺に流す事も出来るんじゃないですか？織部さんを殺したりして、余計に強い獣忍（じゅうにん）が大挙して来るのも面白いですけど、多分織部さんがいた方が楽しそうです」

「楽しい……？」

俺はコーヒーを飲み終えると、席を立った。

「もうちょっと、仲間のフリを続けてください。そのうち、本当の仲間になれるかもしれないし」

「何を言っている？」

「俺はもう、仲間と別れるのはうんざりなんですよ。どいつもこいつも嘘つきですけど、俺は惚れっぽいんで気にしません」

雪は正体を偽り、茜は年齢を偽り、葵は性別を偽り、織部は所属を偽った。

皆、俺に対して友好的な理由で近付いたワケじゃない。

そもそも、マオが俺を育てた理由も怪しいもんだ。

それでも、

「俺は皆が好きなんです。出来る限り一緒にいたいんですよ」

俺はそう言って、喫茶店から出ようとしたが、

「羅生門は、白石雪を諦めない。あの女を狙っている男も数多くいる」

織部は、そんな事を俺に教えてくれた。

「……返り討ちにするだけです」


「……終わった？」

喫茶店の前で、雪が待っていたので、俺は少し驚いた。

「遊びに行ってたんじゃないのか？」

「三人でカラオケしてたんだけど、忍君も一緒にどうかなって」

「う……ん」

カラオケかあ。

経験無いんだけどどうしようかな。

まず、最初の一曲目に何を歌うのか決める時間が欲しいな。

「茜(あかね)ちゃんと葵(あおい)ちゃん待たせてるから、早くいこ」

雪(ゆき)は俺の手を引いて、ずんずんと歩き始める。

俺は、手を引かれて歩く。

「……本当に、良(い)いの？」

「何が？」

「私を居候(いそうろう)させたままで、本当に良いの？　超面倒な事になるよ？」

「それは別に問題ない」

「なら……私も覚悟を決めるよ」

雪は、振り返って俺を凝視してくる。

「忍(しのぶ)君に一生守ってもらう覚悟をね」

「それは覚悟じゃないよな？」

とりあえず、今は目の前の事を片づけるしかないだろう。

カラオケの一曲目に何を歌うのかをな。

あとがき

お久しぶりです。もしくは初めまして。藤川恵蔵(ふじかわけいぞう)です。

本作は現代に生きる忍者達(たち)によるバトルアクション……ではなく、コメディです。

割と悲惨な境遇の主人公ですが、闇堕(やみお)ちとは無縁の性格なので、可哀(かわい)そうというより、面白おかしい存在ですね。

本作のヒロインは女忍者……クノイチです。

く、ノ、一という文字が女になるからクノイチ、なんて有名ですが、全員が何らかの嘘(うそ)を主人公についています。

クノイチのついた嘘を、黙って許してあげる人間にはきっと良い事があるでしょう。

個人的に忍者という存在は子供の頃から愛着がありまして、親が運転する車の後部座席に乗って、窓から外を見ている時、車道を車より速く走る忍者の姿を妄想していたりしました。

江戸時代からジライヤという忍者は大蝦蟇(おおがま)を呼んで上に乗ったりしていましたが、昔から忍者という存在は人間の妄想を刺激するのかもしれません。

いや、本物の忍者も、本当に大蝦蟇を呼んだり、口から火を吹いたり、分身したりする事も出来るかもしれませんが。


最後に謝辞を。

イラストを担当してくださったのは猫屋敷ぷしお先生。

素晴らしいキャラデザとイラストの数々に感動です。

特にバニンジャーの口絵は凄い。トンデモないものを産み出してもらいました。

あんなに可愛いバニーが三人もいるのに、何故かとある一人に視線が集中してしまいますし、アレ一枚で主人公の潜った修羅場の数も傷跡で示唆しているという……。

世界観にマッチした見事なイラストに感謝です。本当にありがとうございます。


本作でも担当編集さんにはお世話になりました。

軌道修正が無かったら、主人公が闇堕ちしていたかもしれません。


この作品に関わってくれた方全てと、何より手にとってくれた読者の皆様に、心からの感謝を。

楽しんでもらえると幸いです。

「ファンレター、作品のご感想をお待ちしています」

あて先

〒102-0071　東京都千代田区富士見2-13-12
株式会社KADOKAWA　MF文庫J編集部気付
「藤川恵蔵先生」係　「猫屋敷ぷしお先生」係

MF文庫J

忍ばないとヤバい!

2023年10月25日　初版発行

著者　藤川恵蔵

発行者　山下直久

発行　株式会社KADOKAWA
〒102-8177 東京都千代田区富士見2-13-3
0570-002-301（ナビダイヤル）

印刷　株式会社広済堂ネクスト

製本　株式会社広済堂ネクスト

Printed in Japan　ISBN 978-4-04-682983-2 C0193

◇◇◇